U0523709

谢桃坊 著

诗词格律教程

修订版

四川文艺出版社

图书在版编目（CIP）数据

诗词格律教程／谢桃坊著． —2版． —成都：四川文艺出版社，2024.1
ISBN 978-7-5411-6845-1

Ⅰ．①诗… Ⅱ．①谢… Ⅲ．诗词格律－中国－教材 Ⅳ．①I207．21

中国国家版本馆CIP数据核字（2023）第233960号

SHICI GELÜ JIAOCHENG
诗词格律教程
谢桃坊　著

出 品 人	谭清洁
责任编辑	邓艾黎
封面设计	魏晓舸
内文设计	史小燕
责任校对	段　敏
责任印制	桑　蓉

出版发行	四川文艺出版社（成都市锦江区三色路238号）
网　　址	www.scwys.com
电　　话	028-86361802（发行部）　028-86361781（编辑部）

邮购地址	成都市锦江区三色路238号四川文艺出版社邮购部　610023			
排　　版	四川胜翔数码印务设计有限公司			
印　　刷	四川五洲彩印有限责任公司			
成品尺寸	145 mm×210 mm	开　本	32开	
印　　张	9.25	字　数	170千	
版　　次	2024年1月第二版	印　次	2024年1月第一次印刷	
书　　号	ISBN 978-7-5411-6845-1			
定　　价	45.00元			

版权所有·侵权必究。如有质量问题，请与出版社联系更换。028-86361796

序

我学习诗律始于少年时代。小学毕业后，父亲送我从师于刘杲新先生。先生字少农，以字称，国学修养甚为深厚，接受过中国近代维新思想，曾入某军幕，晚年隐居于成都近郊，性僻绝俗，不言往事。先生指导我学习《四书集注》，继而泛读《古文观止》《庄子》《唐诗三百首》《草堂诗余》。先生不要求我背诵课文，偶尔讲解一两段文字，让我自由学习。每日上午读书，下午习字、作文、作对联，尝试作诗。我购得一部《诗韵集成》，先生遂要求我将《唐诗三百首》中律诗的用韵，查对韵书，标明韵部。这样练习一段时间，我能区分字声平仄，懂得用韵规则了。先生有时选一首唐人律诗，叫我依声韵模仿试作，或要求将一首古诗改写为三言韵文。因此我渐渐熟悉了古典诗体，但对格律的关键尚感茫然。我从杲新先生学习仅一年半，不久全家迁回乡下，随即参加了革命工作。20 世纪 50 年代后期，我在西南师范学院中国语言文学系学习，偶然读到刘大白先生的《中国旧诗篇中的声调问题》，文中对声调问题剖析精微，特别突出五言律诗的平起与仄起两式。我忽然有所领悟，明白了诗律的关键所在，尝试依律作诗，并很快掌握了词律，开始填词。在此以前，我亦极喜爱新诗，尤喜写长篇朗诵诗，但自从懂得诗词格律后则不写新诗了。古典格律诗体，因其典雅含蓄，声韵和谐，可将主体感受表现得意象优美、意境幽深。它比新诗更耐人吟诵玩味，真正具有中国诗歌民族形式的特殊魅力。自1987年以来，我曾为几届研究生讲授诗词格律，教学效果很好，凡认真学习的学生是可以掌握诗词创作的基本技巧的。我深知学习诗词格律的难点所在，将要领概括为：

一、辨识字声平仄和区分韵部必须以《广韵》音系的《礼部韵略》为准。

二、学习诗词格律先从五言律诗入手。

三、五言律诗格律的关键是辨别仄起和平起两式。

关于以上三点，我以较科学的方法总结了经验，使它们浅易简明，只要做完规定的练习题即可掌握。凡是治学，入门最难，而途径与方法至关重要。我讲诗词格律，旨在引导入门即止。若要深研诗词创作艺术，则非此教程的任务了。

1999年初，巴蜀书社约我评注《唐诗三百首》和《宋词三百首》。我以为这两个选本已经出版多种，建议分别附录《诗律教程》和《词律教程》。两种附录，由我依讲义草稿改写。我评注《宋词三百首》，推荐一位年轻学者评注《唐诗三百首》。两种新评注本问世后，果然受到古典文学爱好者的欢迎，主要是看重它们的附录。兹应古典文学爱好者之需，谨将此两种教程进行大量增补并使它们合为完璧。《关于诗词的创作问题》和《关于古典诗词的吟诵问题》是我多年积累的体会，仅为一得之见，亦附录以供参考。因本稿属于讲义性质，不涉及诗学与词学的许多争论问题。其中的不当与错误之处，敬祈学界师友与读者教正。

谢桃坊

2005 年 9 月 2 日

于四川省社会科学院文学研究所

目 录

上 编　诗律教程

第一讲　诗律的形成 …………………………… 003
第二讲　诗律的声韵标准 ……………………… 013
第三讲　四声与平仄 …………………………… 022
　附录　唐人五言律诗四十首 ………………… 029
第四讲　韵　部 ………………………………… 038
第五讲　诗　律 ………………………………… 051
　附录　杜甫五言律诗四十首 ………………… 068
第六讲　律诗和绝句 …………………………… 077
第七讲　声　病 ………………………………… 088
第八讲　结构与对偶 …………………………… 095
　附录　诗　韵 ………………………………… 104
　　　　笠翁对韵 …………………………………… 132

下 编　词律教程

第一讲　倚声填词与律词 …………………………… 161
第二讲　词律的构成 ………………………………… 174
第三讲　词的字声规范 ……………………………… 182
第四讲　词的用韵 …………………………………… 193
第五讲　词调的选用 ………………………………… 198
第六讲　按谱填词 …………………………………… 203
　附录　词　韵 ……………………………………… 209
　　　　词　谱 ……………………………………… 226

尚　论

关于诗词的创作问题 ………………………………… 247
关于古典诗词的吟诵问题 …………………………… 266
后记 …………………………………………………… 278

上编_诗律教程

第一讲　诗律的形成

诗歌属于韵文，在其最初的发展阶段，一般依据语音的自然节奏和口语的韵律而形成某种音乐性的效果。当诗歌发展到高级阶段时，人们总结了语音与诗歌形式相结合的经验，形成了格律。格律是指诗词关于对仗、平仄、押韵等方面的格式和规律。唐宋诗人以诗法为律，体式风格为格。这种诗歌，我们称它为古典格律诗。中国古典格律诗的优秀代表是唐代的近体诗、宋词、元曲。我们现在所讲的诗律是专指自唐代以来的近体诗的声韵格律。凡是按照语音自然声韵而随意作的诗，我们称为古体诗，有以下几体：

（一）四言。《诗经·周南·桃夭》三章，每章四句，语意反复：

桃之夭夭，灼灼其华。之子于归，宜其室家。
桃之夭夭，有蕡其实。之子于归，宜其家室。

桃之夭夭，其叶蓁蓁。之子于归，宜其家人。

东汉末年五言诗已兴起，但四言诗仍时有作者，如曹操的《观沧海》：

东临碣石，以观沧海。水何澹澹，山岛竦峙。
树木丛生，百草丰茂。秋风萧瑟，洪波涌起。
日月之行，若出其中。星汉灿烂，若在其里。
幸甚至哉，歌以咏志。

唐代以来，格律诗体——近体诗已成为主要的诗体，但亦偶有作四言诗者，例如韩愈的《元和圣德诗》。

（二）五言。东汉至魏晋南北朝以五言诗为主要的诗体，句数不限，用韵不严，字声平仄随意，例如曹植的《三良诗》：

功名不可为，忠义我所安。秦穆先下世，三臣皆自残。
生时等荣乐，既没同忧患。谁言捐躯易，杀身诚独难。
揽涕登君墓，临穴仰天叹。长夜何冥冥，一往不复还。
黄鸟为悲鸣，哀哉伤肺肝。

唐代以来称此体为五言古诗，作者亦众，佳篇亦多，如杜甫的《赠卫八处士》：

人生不相见，动如参与商。今夕复何夕，共此灯烛光。
少壮能几时，鬓发各已苍。访旧半为鬼，惊呼热中肠。
焉知二十载，重上君子堂。昔别君未婚，儿女忽成行。
怡然敬父执，问我来何方。问答未及已，儿女罗酒浆。
夜雨剪春韭，新炊间黄粱。主称会面难，一举累十觞。
十觞亦不醉，感子故意长。明日隔山岳，世事两茫茫。

杜甫的名篇《自京赴奉先县咏怀五百字》、《北征》、"三吏"、"三别"、《羌村》，李白的名篇《古风》《长歌行》等均是五言古诗。

（三）七言。现存最早的七言诗是曹丕的《燕歌行》：

秋风萧瑟天气凉，草木摇落露为霜。
群燕辞归鹄南翔，念君客游思断肠。
慊慊思归恋故乡，君何淹留寄他方。
贱妾茕茕守空房，忧来思君不敢忘，不觉泪下沾衣裳。
援琴鸣瑟发清商，短歌微吟不能长。
明月皎皎照我床，星汉西流夜未央。
牵牛织女遥相望，尔独何辜限河梁。

但从魏晋至唐代以前，作七言古诗者甚罕见。唐代近体诗的发展对七言古诗的艺术表现影响甚大。其声韵较为和谐，时有对偶，意象丰富，婉转曲折，叙事与抒情结合，故名篇极多，例如卢照邻的《长安古意》、骆宾王的《帝京篇》、刘希夷的《代悲白头翁》、李峤的《汾阴行》、张若虚的《春江花月夜》、高适的《燕歌行》、李颀的《古从军行》、王维的《老将行》、杜甫的《丹青引》、韩愈的《山石》、白居易的《长恨歌》等等。它们在诗史上达于前所未有的艺术高峰。

（四）杂言。《诗经》已出现句式长短变化的作品，实为杂言，例如《邶风·式微》：

式微。式微。胡不归。微君之故。胡为乎中露。
式微。式微。胡不归。微君之躬。胡为乎泥中。

又如《秦风·权舆》：

于我乎，夏屋渠渠，今也每食无余。于嗟乎，不承权舆。
于我乎，每食四簋，今也每食不饱。于嗟乎，不承权舆。

汉代乐府诗中杂言较多。唐代李白的《蜀道难》、陈子昂的《登幽州台歌》，实为杂言诗，但编选唐诗者均将它们编入七言古诗。盛唐以后，新的长短句的曲子词兴起，故杂言体诗衰微了。

以上各体诗，它们无固定的句数、字声和用韵的规则，较为自由，均属古体诗。《诗经》和《离骚》所用的韵在音韵学史上称为上古音，与后世的声韵有很大的差别。东汉魏晋古诗的用韵处于上古音到中古音转变时期，例如东汉末年《古诗十九首》中的：

行行重行行，与君生别离。相去万余里，各在天一涯。
道路阻且长，会面安可知？胡马依北风，越鸟巢南枝。
相去日已远，衣带日已缓。浮云蔽白日，游子不顾返。
思君令人老，岁月忽已晚。弃捐勿复道，努力加餐饭。

此诗十六句，共八韵，前四韵用平声韵，后四韵用仄声韵。"行行重行行"全句平声，"岁月忽已晚"全句仄声。"胡马依北风，越鸟巢南枝"是对偶句，语意相对，但平仄不对。可见此诗注意句式的整齐，采用当时的用韵。唐代以来的古体诗亦有声韵甚为随意的，例如杜甫的《石壕吏》：

暮投石壕村，有吏夜捉人。老翁逾墙走，老妇出门看。
吏呼一何怒，妇啼一何苦！听妇前致词："三男邺城戍。
一男附书至，二男新战死。存者且偷生，死者长已矣！
室中更无人，惟有乳下孙。有孙母未去，出入无完裙。

老妪力虽衰,请从吏夜归。急应河阳役,犹得备晨炊。"

夜久语声绝,如闻泣幽咽。天明登前途,独与老翁别。

此诗共用十二韵,数次换韵,意尽而止,不拘篇幅。字声平仄随意,"天明登前途"全为平声字,亦不讲究对偶。这是唐人典型的古体诗。

唐代初年新兴了一种格律诗,人们为了将它与古体诗相区别而称为"近体诗"。它主要包括五言律诗、五言绝句、七言律诗、七言绝句、五言排律和七言排律。中国的诗体到唐代已臻于完备。唐人称格律诗为"近体",表明他们认为这种诗体起源于"近世",而并非"古代"。近体诗的渊源可追溯到"永明体"。

南齐武帝萧赜年号永明(483—493),在位十一年。这时印度的佛教传入中国已经四百余年,南朝帝王对佛教采取保护政策,因而许多外国僧侣纷纷来到了中国。永明元年(483),武帝在华林园设八关斋戒,很尊崇佛教。佛经的东传带来了印度的音韵学,为中国传入了音素知识,于是中国兴起了音韵学,而且将它运用于诗歌的创作。永明时代,南朝的文学繁荣。当时的著名文人沈约著有《四声谱》,周颙著有《四声切韵》,它们都是早期的音韵学著作。此外还有诗人王融和谢朓等,他们能辨识声韵,以汉语的平、上、去、入为四声,在诗歌创作中运用声韵的规则。有"四声八病"之说,一时成为风尚。人们称这种新变的讲究声韵的诗体为"永明体"。例如：

别范安成　沈约

生平少年日，分手易前期。
及尔同衰暮，非复别离时。
勿言一樽酒，明日难重持。
梦中不识路，何以慰相思。

同谢咨议咏铜雀台　谢朓

穗帷飘井干，樽酒若平生。
郁郁西陵树，讵闻歌吹声。
芳襟染泪迹，婵媛空复情。
玉座犹寂寞，况乃妾身轻。

以上两首已注意句中平仄的对应，但尚不工整；平声韵严字韵部，上句末字皆仄声字，体制初具五言律诗形式。

咏雾　萧绎

三晨生远雾，五里暗城闉。
从风疑细雨，映日似游尘。
乍若飞烟散，时如佳气新。
不妨鸣树鸟，时蔽摘花人。

　　　　舟中望月　　庾信

舟子夜离家，开舱望月华。

山明疑有雪，岸白不关沙。

天汉看珠蚌，星桥视桂花。

灰飞重晕阙，蓂落独轮斜。

　　在以上两诗里已经运用了音韵的抑与扬、轻与重的关系，即平声与仄声的对应，严守韵部，注意对偶。它们已具格律诗的标准了，但此类作品在齐梁时期尚不多见。

　　中国格律诗发展出现严密的规律是在唐代初年。诗人元稹谈到唐诗的发展过程说："沈宋之流，研练精切，稳顺声势，谓之为律诗。"（《唐故检校工部员外郎杜君墓志铭》）沈宋即初唐诗人沈佺期和宋之问。明代诗人王世贞说："五言至沈、宋，始可称律。律为音律、法律，天下无严于是者，知虚实平仄，不得任情而度，明矣。"（《艺苑卮言》卷四）律诗——近体诗是以五言律诗艺术形式的成熟为标志的，在沈佺期和宋之问的创作中才定体，例如：

　　　　杂　　诗　　沈佺期

闻道黄龙戍，频年不解兵。

可怜闺里月，偏照汉家营。

少妇今春意,良人昨夜情。
谁能将旗鼓,一为取龙城。

　　题大庾岭北驿　宋之问
阳月南飞雁,传闻至此回。
我行殊未已,何日复归来?
江静潮初落,林昏瘴不开。
明朝望乡处,应见陇头梅。

律诗在唐代初年兴起与成熟,其严密的规则是诗人群体在参验齐梁声韵格律的基础上而创制的。在沈佺期和宋之问之前的诗人,或大约同时的诗人,尚有王绩、王勃、杨炯、卢照邻、骆宾王、苏味道、韦承庆、刘希夷、陈子昂、杜审言等作有成熟的五律。例如:

　　在狱咏蝉　骆宾王
西陆蝉声唱,南冠客思侵。
那堪玄鬓影,来对白头吟。
露重飞难进,风多响易沉。
无人信高洁,谁为表予心。

送魏大从军　陈子昂

匈奴犹未灭，魏绛复从戎。
怅别三河道，言追六郡雄。
雁山横代北，狐塞接云中。
勿使燕然上，惟留汉将功。

赋得妾薄命　杜审言

草绿长门掩，苔青永巷幽。
宠移新爱夺，泪落故情留。
啼鸟惊残梦，飞花搅独愁。
自怜春色罢，团扇复迎秋。

唐人律诗是有规律可循的，概括起来，其格律包括四个要素，即每体诗有句式和句数的规定，每体分平起和仄起两式，字声分平仄，韵用平声韵。格律诗与音韵学知识有密切的关系。凡是要学习诗律的读者，必须具备基本的音韵学常识，否则是学不会诗律的。我们下文将特别强调诗律的声韵标准。

[练习]

从《唐诗三百首》中自选喜爱的五言律诗四十首，熟读达到能够背诵的程度。

第二讲　诗律的声韵标准

我们要确定诗律的声韵标准，必须了解中国音韵的分期。中国音韵分为三期：

（一）上古音。以《诗经》的用韵和汉字谐声所体现的汉语语音系统是为上古音。此外《离骚》《老子》以及《左传》所保存的韵文，均作为探讨上古音的资料。《诗经》是讲究章法结构的，用韵依据直观的语音感觉，故我们现读起来，其许多诗篇仍是音韵和谐的。但有些诗篇，其用韵与我们现在的读音存在很大差异，例如《邶风·燕燕》：

燕燕于飞，差池其羽。之子于归，远送于野。瞻望弗及，泣涕如雨。
燕燕于飞，颉之颃之。之子于归，远于将之。瞻望弗及，伫立以泣。
燕燕于飞，上下其音。之子于归，远送于南。瞻望弗及，实劳我心。

仲氏任只，其心塞渊。终温且惠，淑慎其身。先君之思，以勖寡人。

第一章"羽"与"野"，第二章"之"与"泣"，第三章"音"与"南"，第四章"渊"与"身"，这在我们现在读起来是不押韵，但当时它们是同韵的。朱熹注：野，上与反；南，尼心反；渊，一均反。这样它们便押韵了。可见古今语音差异很大。因古音无实验资料保存，其音值、调类、声类、韵部、发音情况，只可能依据《广韵》音系的中古音去辨析和推测。上古音的拟音工作，虽然音韵学家们曾有艰苦的探讨，但意见甚为分歧，故有绝学之称。我们读《诗经》和《离骚》，关于其韵读可参考学者之反切注即可。而学习诗律则不必去考究上古音。

（二）中古音。以隋代《切韵》的韵部和反切注音建构的汉语语音系统为中古音。在《切韵》的基础上，经唐代的增补至北宋初年订正而完整保存至今的《广韵》成为探讨中古音的重要依据，故《广韵》代表中古音系。《广韵》音系的出现是为了适应中国诗体的发展从古诗向近体诗转变的需要，其所建构的韵部、四声、平仄的规范，成为格律诗体声韵的标准。我们现在学习诗律是以格律诗为对象的，区分韵部和字声平仄，是以《广韵》音系为标准的。中古音与近古音和现代汉语的声韵差异很大，所以学习诗律绝不能用现代的新诗韵，绝不能用现代语音去比附中古音的声调。

（三）近古音。以元代《中原音韵》所建构的汉语语音系统为近古音。周德清的《中原音韵》是专供元代北曲作家用韵辨音的专著，适应了汉语语音从南宋后期发生变化而至元代得以定型的需要，成为元代到清代画俗韵文及戏曲声韵的标准，而且与中国北方话语音相适应，是为现代汉语语音的基础。《中原音韵》的基本特点是：第一，平声分阴阳，即平声字音分阴平和阳平，与现代汉语声调相同；第二，入派三声，当时入声调消失，凡中古音的入声各部之字分别散进阴平、阳平、上声、去声之内，而且音值变化；第三，韵部为十九部，用韵不分声调，同韵部者平仄混押。兹试以关汉卿《双调·沉醉东风》为例：

咫尺的天南地北，霎时间月缺花飞。手执着饯行杯，眼阁着别离泪。刚道得声保重将息，痛煞煞教人舍不得。好去者望前程万里。

忧则忧鸾孤凤单，愁则愁月缺花残。为则为俏冤家，害则害谁曾惯。瘦则瘦不是今番。恨则恨孤帏绣衾寒，怕则怕黄昏到晚。

伴夜月银筝凤闲，暖东风绣被常悭。信沉了鱼，书绝了雁。盼雕鞍万水千山。本利对相思若不还。则告与那能索债愁眉泪眼。

夜月青楼凤箫，春风翠髻金翘。雨云浓，心肠俏。俊庞儿玉软香娇。六幅湘裙一搦腰，间别来十分瘦了。

面比花枝解语，眉横柳叶长疏。想着雨和云，朝还暮。但开口只是长吁。纸鹞儿休将人厮应付。肯不肯怀儿里便许。

以上平声与仄声字混押韵，如"杯"与"泪"，"寒"与"晚"，"还"与"眼"，"腰"与"了"，"吁"与"付"。此曲之各首句式与字数颇相异，更不拘字声的平仄。又如关汉卿《侍香金童·神仗儿煞》：

深沉院舍，蟾光皎洁。整顿了霓裳，把名香谨爇。伽伽拜罢，频频祷祝：不求富贵豪奢，只愿得夫妻每早早圆备者。

曲中"爇""洁"为入声，派入三声，而"舍""者""奢"原韵已变化。从上倒可见近古音的韵部、声调、字声皆异于中古音。学习诗律是绝不能用近古音的。

中国的律诗产生于中古音时期的唐代，当时凡讲四声、平仄和韵，一律依据当时的音韵，而且以政府公布的官方韵书为准。官韵的形成是有一个过程的。

晋代吕静编有《韵集》五卷,分为五篇,每一篇中将同音字排列在一起,尚未分韵部。六朝的韵书有十余种,如周研的《声韵》四十一卷、阳休之的《韵略》一卷、沈约的《四声》一卷、夏侯咏的《四声韵略》十三卷。这些古韵书皆早已散佚了。隋代初年(581—589),学者陆法言在家里邀请刘臻、颜之推、卢思道、李若、萧该、辛德源、薛道衡、魏彦渊八位朋友,讨论音韵问题,评论各种韵书得失,分韵辨音,准备编制一部通行的标准韵书。隋仁寿元年(601),陆法言根据当时讨论的提纲,著成了划时代的《切韵》。唐开元年间(713—741),孙愐在《切韵》的基础上加以增补订正著成《唐韵》,作为国家公布的用韵标准。孙愐序云:

> 盖闻文字聿兴,音韵乃作,《苍颉》《尔雅》为首,《诗·颂》次之;则有《字统》《字林》《韵集》《韵略》,述作颇众,得失互分。惟陆生《切韵》,盛行于世。然隋珠尚类,虹玉仍瑕,注有差错,文复漏误,若无刊正,何以讨论。
>
> 我国家偃武修文,大崇儒术,置集贤之院,召才学之流;自开辟以来,未有如今日之盛。上行下效,比屋可封。辄罄谀闻,敢补遗阙。兼习诸书,具为训解,州县名号,亦据今时。字体从木从才,著彳著亻,施攴施支,安尔安禾,并悉具言,庶无纰缪。其有异闻,奇怪

传说，姓氏原由，土地物产，山河草木，鸟兽虫鱼，备载其间，皆引冯据。随韵编纪，添彼数家，勒成一书，名曰《唐韵》，盖取《周易》《周礼》之义也。

这叙述了中国韵书的发展和编纂《唐韵》的依据及其意义。北宋景德四年（1007），崇文馆陈彭年等向朝廷呈上校定的《切韵》五卷，真宗皇帝敕令："爰命讨论，特加刊正，仍令摹印，用广颁行。期后学之无疑，俾永代而作则。宜令崇文院雕印，送国子监依《九经》书例施行。"次年即大中祥符元年（1008）改名为《大宋重修广韵》（简称《广韵》），由朝廷正式颁布施行。六月五日真宗皇帝敕令有云：

朕聿遵先志，迪扬素风，设教崇文，悬科取士，考核程准，兹实用焉。而旧本既讹，学者多误，必豕鱼之尽革，乃朱紫以洞分。爰择儒臣，叶宣精力，校雠增损，质正刊修，综其纲目，灼然叙列。俾之摹刻，垂于将来。仍特换于新名，庶永昭于成绩，宜改为《大宋重修广韵》。

自此，《广韵》成为国家科举考试诗赋用韵之标准。稍后丁度等奉朝廷之命修订《广韵》简本，作为礼部科举考试时考官和士子的使用范本，此简本称为《礼部韵略》。此本经宋代历朝增修，于南宋淳祐十二年（1252），由刘渊奉命编定《壬子新刊礼部韵略》。因刘渊为平水（今山西临汾）人，故此韵被称为"平水韵"。《礼部韵略》自北宋以来成为官方韵书的正统，此后元代的诗韵、明清两代的官方韵书皆属一个系统。清康熙五十年（1711），张玉书等奉命编的《佩文诗韵》为诗韵准则。乾隆时，礼部尚书周兆基作《佩文诗韵释要》，极为简明适用，通行于世。清代学者梁章钜说："自唐以律诗律赋取士，欲创为拘限之说以难之，遂取《切韵》之书为取士之法，实则除应制诗赋之外，仍用古韵。……真宗大中间，遂改《切韵》为《广韵》，删《唐韵》习用之字而增以他字。仁宗景祐中，又更造为《集韵》，然当代试士则又置《广韵》《集韵》二书不用，而别为《礼部韵》。南渡后又有毛晃《增修礼部韵略》，至理宗朝，乃有平水刘渊者……而易以今目，是为平水韵，自元、明迄今，皆遵用之。"（《退庵随笔·学诗二》）

《切韵》《唐韵》和《广韵》在音韵方面是一个系统。《广韵》五卷，上平声一卷，下平声一卷，上声一卷，去声一卷，入声一卷。"上平声"与"下平声"并无声调的区别，皆是平声，因平声字最多，故分上下两卷。凡同声调同韵的字汇为一部，平声五十七部，上声五十五部，去声六十部，入声三十四部，共为二〇六部。在《广韵》韵部下原注有"独用"或"同用"。凡独用的韵部，人们在作诗用韵时若选此部韵，便不准使用邻近的韵部。凡同用的韵部，注有与某部同用，如"冬"部注"钟，同用"，则此两部韵可以合用；又如

"支"部下注"脂、之同用",则"支""脂""之"三部韵可以合并使用。因此刘渊编《壬子新刊礼部韵略》时按《广韵》可同用的韵部进行合并,并为一〇七部;元代阴时夫编《韵府群玉》改为一〇六部,自此成为传统诗韵韵部。本教程所附诗韵常用字表,即是依据《佩文诗韵释要》整理的,它是《切韵》至《广韵》以来作诗通行的诗韵,属于《广韵》代表的中古音系统。

诗律的声韵标准即是《广韵》音系。我们学习诗律,辨别平仄、四声、韵部,皆依《广韵》音系为准,不容许变通,必须严格遵守。

因此,我们要学会诗律,必须与上古音、近代音和现代音划清界限,切忌以现代普通话语音去比附。《广韵》各韵部的音值,语言学家们只能推测和试拟。我们现在谈格律诗的四声是依《广韵》所列的四声,例如其平声韵各部所收之字即是平声;上声、去声和入声所收之字为仄声。我们讲格律诗的平仄,依《广韵》所收的平声字为平声,上、去、入三声所收之字为仄声。我们作诗用韵,依《广韵》音系简化的一〇六部韵。这是规定,不容讨论。

[练习]

背诵下面诗韵韵部:

上平

一东 二冬 三江 四支 五微 六鱼 七虞 八齐 九佳 十灰 十一真 十二文 十三元 十四寒 十五删

下平

一先 二萧 三肴 四豪 五歌 六麻 七阳 八庚 九青 十蒸 十一尤 十二侵 十三覃 十四盐 十五咸

上声

一董 二肿 三讲 四纸 五尾 六语 七麌 八荠 九蟹 十贿 十一轸 十二吻 十三阮 十四旱 十五潸 十六铣 十七筱 十八巧 十九皓 二十哿 二十一马 二十二养 二十三梗 二十四迥 二十五有 二十六寝 二十七感 二十八俭 二十九豏

去声

一送 二宋 三绛 四寘 五未 六御 七遇 八霁 九泰 十卦 十一队 十二震 十三问 十四愿 十五翰 十六谏 十七霰 十八啸 十九效 二十号 二十一个 二十二祃 二十三漾 二十四敬 二十五径 二十六宥 二十七沁 二十八勘 二十九艳 三十陷

入声

一屋 二沃 三觉 四质 五物 六月 七曷 八黠 九屑 十药 十一陌 十二锡 十三职 十四缉 十五合 十六叶 十七洽

第三讲　四声与平仄

声音在单位时间内颤动次数多的，其音高；颤动次数少的，其音低。乐律学称此种现象为"音高"，音韵学则称之为"声调"。声调的高低抑扬构成汉语的四声——平声、上声、去声、入声。关于四声的辨别，南朝时梁武帝问周舍："何谓平上去入？"周舍回答："天子圣哲是也。"周舍一时难以说清，只得举"天子圣哲"四字为例，这四字恰代表四个声调。明代释真空《玉钥匙歌诀》云："平声平道莫低昂，上声高呼猛烈强，去声分明哀远道，入声短促急收藏。"清代张成孙《说文谐声谱》说："平声长言，上声短言，去声重言，入声急言。"我们这里所讲的四声，是中古音。现在中古音的四声调值，即实际读音，我们不易发声准确了，只有依据《广韵》音系——本教程所附诗韵中所列的四声为准。因此读者切勿将中古的四声与现代普通话的四声混淆或比附。兹将《广韵》音系四声摘要，请读者反复诵读，领略其调值：

东董送屋　钟肿用烛
江讲绛觉　真轸震质
文吻问物　元阮愿月
寒旱翰曷　桓缓换末
删潸谏黠　先铣霰屑
阳养漾药　唐荡宕铎
耕耿诤麦　庚梗映陌
清静劲昔　青迥径锡
蒸拯证职　侵寝沁缉
覃感勘合　盐琰艳叶
严俨酽业　凡范梵乏

清代学者王鉴的《四声纂句》仿"天子圣哲"纂辑四声成语，可供读者练习：

风洒露沐　民喜岁熟
为善最乐　乡里叹伏
敬满器覆　诒子燕翼
文武是式　先本后末
河海静谧　泾以渭浊
情好甚笃　杯酒自适
兄弟既翕　情感意浃

兰桨桂楫　轻艇坐盉

以上字例，请读者诵读熟悉，有助于辨识四声。

在第二讲里，我们曾介绍了《广韵》二○六韵部，其中入声韵部只有三十四部，比其他三声少了很多，这是什么原因呢？为此有必要简要介绍入声的形成。在《广韵》二○六韵中，支、脂、之、微、鱼、虞、模、齐、祭、泰、佳、皆、夬、灰、咍、废、萧、宵、肴、豪、歌、戈、麻、尤、侯、幽等二十六部是以元音收尾或没有韵尾，它们是阴声韵；东、冬、钟、江、阳、唐、庚、耕、清、青、蒸、登（以上收ŋ）、真、谆、臻、文、欣、元、魂、痕、寒、桓、删、山、先、仙（以上收n），侵、覃、谈、盐、添、咸、衔、严、凡（以上收m）等三十五部是以鼻音收尾的，它们是阳声韵。阴声韵没有相应的入声，只有阳声韵才有相应的入声。例如：东董送屋，真轸震质，侵寝沁缉。《广韵》阳声三十五部，其中"痕"部的入声字太少，归入邻部，所以入声为三十四部。阳声韵中收舌根鼻音ŋ的，其入声则收舌根塞音k；收舌尖鼻音n的，其入声则收舌尖塞音t；收双唇鼻音m的，其入声则收双唇塞音p。因为入声的韵尾是辅音，极短促，不易发音，遂在近代和现代语音中消失而转化为平、上、去三声了。总之入声在中古音里是单独的调声，在诗律中它属仄声，没有很特殊的意义，在词律中它却是单独的一个调类。

明代诗学家谢榛说:"诗法妙在平仄四声而有清浊抑扬之分。试以'东''董''栋''笃'四声调之,'东'字平平直起,气舒且长,其声扬也;'董'字上转,气咽促然易尽,其声抑也;'栋'字去而悠远,气振愈高,其声扬也;'笃'字下入而疾,气收斩然,其声抑也。夫四声抑扬,不失疾徐之节,惟歌诗者能之,而未知所以妙也。"(《四溟诗话》卷三)

古今的某些字音在声调和音值方面存在很多差异。兹以《广韵》音系的中古音为古音,以现代汉语语音为今音,列表举例如下:

例字	今音		古音		
	音值	声调	反切	声调	韵部
八	bā	阴平	博拔	入声	黠韵
遮	zhē	阴平	正奢	平声	麻韵
车	chē	阴平	尺遮	平声	麻韵
阿	ē	阴平	乌何	平声	歌韵
舵	duò	去声	徒可	上声	哿韵
结	jié	阳平	古屑	入声	屑韵
俗	sú	阳平	似足	入声	烛韵
速	sù	去声	桑谷	入声	屋韵
白	bái	阳平	傍陌	入声	陌韵
拆	chāi	阴平	丑格	入声	陌韵
杯	bēi	阴平	布回	平声	灰韵
梅	méi	阳平	莫杯	平声	灰韵

续表

例字	今音		古音		
	音值	声调	反切	声调	韵部
岑	cén	阳平	锄针	平声	侵韵
东	dōng	阴平	德红	平声	东韵
冬	dōng	阴平	都宗	平声	冬韵
永	yǒng	上声	于憬	上声	梗韵
泊	bó	阳平	匹各	入声	铎韵

从上表可见，中古的入声在今音已不存在，而且入声音用拼音符号是不能标的，只能用反切注音；中古音的平声是一个调类，今音分为阴平和阳平；中古音和今音均有上声和去声，但有的声调之音却完全相反，即古音的上声为今音的去声，古音的去声为今音的上声；"东"与"冬"在今音是相同的，但在古音中却不是同一韵部；"遮"与"车"今音韵为e，古今为a；侵在古音属闭口韵，今音无法标示。我们由此便可见到古今音的差异，所以学习诗律不应存在今音的概念，尤其不能随意比附。诗律的四声平仄和韵部为什么必须以《广韵》音系之声韵为标准呢？唐代诗人们吸收了南朝齐梁以来在诗歌创作中运用声调、字声和用韵的成功经验，以格律的方式固定，从而使诗以声韵和谐优美，增强艺术美感的效应。《唐韵》作为唐王朝国家规定的科举考试的诗赋声韵标准，以五言格律诗体的试帖诗体式作为考试的规范；此后历经宋元明清各代相承沿，使此格律诗体成为中国传统的古典

诗体。此体即使在新文化运动以来，仍作为传统的最主要的民族文学形式而存在；其精美的艺术典范是新诗、白话诗、自由诗等不可能企及的。凡是古典艺术形式都是具备独特规范的，其基本的特征是稳固的。我们如果用古典格律诗体的五言八句或七言八句作诗，而不采用古典格律，用今音新韵，这绝非律诗，仅属韵文而已。

我们现在的普通话是以北京语音为标准音，以北方话为基础方言，以典范的现代白话文著作为语法规范的现代汉民族共同语。此今音固然与古音差异很大，但在各地至今使用的方言中尚保存了许多古音，其中某些声调、字音、韵读与古音相近或相同，故用方言读唐宋诗仍感亲切和谐。北方话是汉语最大的方言，分布范围极广，又可分为华北方言、西北方言、西南方言和江淮方言。兹且以西南方言的成都话为例，其中有些阳平字仍读为阴平；入声音的韵尾虽有变化，但读音仍接近古音；上声和去声仍同于古音的声调。川南的入声音尚完好地保存着古音。我们若从全国各地语言使用的具体情况考察，则今音与古音又尚有某些联系，因而我们现在辨识中古音的四声、平仄和韵部虽有困难，但可以克服。

我少年时代在成都外东牛市口场外刘杲新先生私塾读书。在读《唐诗三百首》时，因已购得江都余寿亭先生编的《广韵》音系的《诗韵集成》，先生教我将五言律诗和七言律诗的每首诗用的韵部，依据《诗韵集成》的诗韵分部标注出来。

我标注了几十首诗后，对韵部熟悉了，因唐诗用的是平声韵，亦熟悉了平声字。四声中除平声而外，其他上声、去声和入声字均属仄声，当熟悉平声字后，见到非平声之字则知是仄声了。我由此可以容易地辨识四声和平仄。这是最简易实用的方法。初学诗律者，请严格按照本讲所列的练习题做完，必定能辨识古典格律诗体所用的四声和平仄的标准。

[练习]

（1）反复诵读本讲所录《广韵》四声句例和四声成语句例。

（2）阅读本教程附录的诗韵常用字表。

（3）将本讲附录之唐人五言律诗四十首，每个字下注出平仄。平声以○表示，仄声以●表示。标注完毕，对照诗韵常用字表，有错者自行改正。如果错误较多者，再自选二十首五律进行练习，务求基本上能辨识字声的平仄。

〔附 录〕

唐人五言律诗四十首

送杜少府之任蜀州　王 勃

城阙辅三秦,风烟望五津。与君离别意,同是宦游人。
海内存知己,天涯若比邻。无为在歧路,儿女共沾巾。

在狱咏蝉　骆宾王

西陆蝉声唱,南冠客思深。不堪玄鬓影,来对白头吟。
露重飞难进,风多响易沉。无人信高洁,谁为表予心?

送魏大从军　陈子昂

匈奴犹未灭,魏绛复从戎。怅别三河道,言追六郡雄。
雁山横代北,狐塞接云中。勿使燕然上,惟留汉将功。

和晋陵陆丞早春游望　杜审言

独有宦游人，偏惊物候新。云霞出海曙，梅柳渡江春。
淑气催黄鸟，晴光转绿蘋。忽闻歌古调，归思欲沾巾。

登襄阳城　杜审言

旅客三秋至，层城四望开。楚山横地出，汉水接天回。
冠盖非新里，章华即旧台。习池风景异，归路满尘埃。

赋得妾薄命　杜审言

草绿长门掩，苔青永巷幽。宠移新爱夺，泪落故情留。
啼鸟惊残梦，飞花搅独愁。自怜春色罢，团扇复迎秋。

游少林寺　沈佺期

长歌游宝地，徙倚对珠林。雁塔风霜古，龙池岁月深。
绀园澄夕霁，碧殿下秋阴。归路烟霞晚，山蝉处处吟。

杂　诗　沈佺期

闻道黄龙戍，频年不解兵。可怜闺里月，偏照汉家营。
少妇今春意，良人昨夜情。谁能将旗鼓，一为取龙城。

途中寒食　宋之问

马上逢寒食，愁中属暮春。可怜江浦望，不见洛阳人。
北极怀明主，南溟作逐臣。故园肠断处，日夜柳条新。

陆浑山庄　宋之问

归来物外情，负杖阅岩耕。源水看花入，幽林采药行。
野人相问姓，山鸟自呼名。去去独吾乐，无能愧此生。

赠梁州张都督　崔颢

闻君为汉将，虏骑罢南侵。出塞清沙漠，还家拜羽林。
风霜臣节苦，岁月主恩深。为语西河使，知予报国心。

山居秋暝　王维

空山新雨后，天气晚来秋。明月松间照，清泉石上流。
竹喧归浣女，莲动下渔舟。随意春芳歇，王孙自可留。

终南山　王维

太乙近天都，连山到海隅。白云回望合，青霭入看无。
分野中峰变，阴晴众壑殊。欲投人处宿，隔水问樵夫。

赴京途中遇雪　孟浩然

迢递秦京道，苍茫岁暮天。穷阴连晦朔，积雪遍山川。
落雁迷沙渚，饥乌噪野田。客愁空伫立，不见有人烟。

南州有赠　贾至

极浦三春草，高楼万里心。楚山晴霭碧，湘水暮流深。
忽与朝中旧，同为泽畔吟。停杯试北望，还欲泪沾襟。

寄左省杜拾遗　岑参

联步趋丹陛，分曹限紫微。晓随天仗入，暮惹御香归。
白发悲花落，青云羡鸟飞。圣朝无阙事，自觉谏书稀。

碛西头送李判官入京　岑参

一身从远使，万里向安西。汉月垂乡泪，胡沙费马蹄。
寻河愁地尽，过碛觉天低。送子军中饮，家书醉里题。

塞下曲三首（录一）　李白

五月天山雪，无花只有寒。笛中闻折柳，春色未曾看。
晓战随金鼓，宵眠抱玉鞍。愿将腰下剑，直为斩楼兰。

秋　思　李白

燕支黄叶落，妾望自登台。海上碧云断，单于秋色来。
胡兵沙塞合，汉使玉关回。征客无归日，空悲蕙草摧。

移使鄂州次岘阳馆怀旧居　刘长卿

多惭恩未报，敢问路何长。万里通秋雁，千峰共夕阳。
旧游成远道，此去更违乡。草露深山里，朝朝满客裳。

寻南溪常道士　刘长卿

一路经行处，莓苔见屐痕。白云依静渚，芳草闭闲门。
过雨看松色，随山到水源。溪花与禅意，相对亦忘言。

新年作　刘长卿

乡心新岁切，天畔独潸然。老至居人下，春归在客先。
岭猿同旦暮，江柳共风烟。已似长沙傅，从今又几年。

裴迪南门秋夜对月　钱起

夜来诗酒兴，月满谢公楼。影闭重门静，寒生独树秋。
鹊惊随叶散，萤远入烟流。今夕遥天末，清光几处愁。

送夏侯审校书东归 钱起

楚乡飞鸟外，独与片帆还。破镜催归客，残阳见旧山。
诗成流水上，梦尽落花间。倘寄相思字，愁人定解颜。

送郑明府贬岭南 司空曙

青枫江色晚，楚客独伤春。共对一尊酒，相看万里人。
猜嫌成谪宦，正直不防身。莫畏炎方久，年年雨露新。

梅花落 韩翃

新岁芳梅树，繁花四面同。春风吹渐落，一夜几枝空。
少妇今如此，长城恨不穷。莫将辽海雪，来比后庭中。

咏 史 戎昱

汉家青史上，计拙是和亲。社稷依明主，安危托妇人。
岂能将玉貌，便拟静胡尘。地下千年骨，谁为辅佐臣。

哭刘夫子 于鹄

近问南州客，云亡已数春。痛心曾受业，追服恨无亲。
孀妇归乡里，书斋属四邻。不知经乱后，奠祭有何人？

卧 病　戴叔伦

门掩青山卧，莓苔积雨深。病多知药性，客久见人心。
众鸟趋林健，孤蝉抱叶吟。沧洲诗社散，无梦盍朋簪。

送桂州严大夫　韩愈

苍苍森八桂，兹地在湘南。江作青罗带，山如碧玉篸。
户多输翠羽，家自种黄甘。远胜登仙去，飞鸾不假骖。

酬徐二中丞普宁郡内池馆即事见寄　柳宗元

鹓鸿念旧行，虚馆对芳塘。落日明朱槛，繁花照羽觞。
泉归沧海近，树入楚山长。荣贱俱为累，相期在故乡。

七 夕　李贺

别浦今朝暗，罗帷午夜愁。鹊辞穿线月，花入曝衣楼。
天上分金镜，人间望玉钩。钱塘苏小小，又值一年秋。

少 将　李商隐

族亚齐安陆，风高汉武威。烟波别墅醉，花月后门归。
青海闻传箭，天山报合围。一朝携剑起，上马即如飞。

村中晚望　　陆龟蒙

抱杖柴门立，江村日易斜。雁寒犹忆侣，人病更离家。
短鬓看成雪，双眸旧有花。何须万里外，即此是天涯。

旅游伤春　　李昌符

酒醒乡关远，迢迢听漏终。曙分林影外，春尽雨声中。
鸟倦江村路，花残野岸风。十年成底事，羸马倦西东。

塞上行　　李昌符

朔野烟尘起，天军又举戈。阴风向晚急，杀气入秋多。
树尽禽栖草，冰坚路在河。汾阳无继者，羌虏肯先和。

闻　泉　　李成用

浙浙梦初惊，幽窗枕簟清。更无人共听，只有月空明。
急想穿岩曲，低应过石平。欲将琴强写，不是自然声。

梅　花　　崔道融

数萼初含雪，孤标画本难。香中别有韵，清极不知寒。
横笛和愁听，斜枝倚病看。朔风如解意，容易莫摧残。

寄洛中诸妹　元　淳

旧国经年别,关河万里思。题书凭雁翼,望月想蛾眉。
白发愁偏觉,归心梦独知。谁堪离乱处,掩泪向南枝。

寻陆鸿渐不遇　皎　然

移家虽带郭,野径入桑麻。近种篱边菊,秋来未著花。
叩门无犬吠,欲去问西家。报道山中去,归来每日斜。

第四讲　韵　部

《广韵》韵部经过合并后尚有一〇六韵。读者翻检一下我们所附的诗韵，可能产生两个疑问：第一，我们现在看来是同韵母的，中古音为什么要分为若干韵部？第二，我们现在看来有些韵部所收韵字是不同韵母的，中古音为什么要收在一个韵部内？兹作简要说明。

《广韵》分部很细，但都有音韵学的依据。韵部之间，以现代汉语音韵的观点来看是同韵的，但实际上中古音有区别，例如，"东"与"冬"，前者的韵母为 ung，后者为 ong；"鱼"与"虞"，前者韵母为 yɔ，后者为 yo；"萧"εu、"肴" au、"豪" au；"删" en、"寒" an、"咸" em、"衔" am；"侵" yem、"庚" ang、"真" yen。这些韵部之间有韵头、韵腹、韵尾的差异，所以不能相混。"咸"和"侵"韵尾为双唇鼻音 m，发此音时闭口，故称闭口韵，现在此韵尾在普通话里已发生变化而消失了。这些音理是很复杂的，读者只需明白中古音韵部之分不是随意的，皆有音韵学的依据，我们必须严守其部。

在同一韵部之中有些韵字，我们现在看来是不同韵的，但在中古却是同韵的。例如四支中收有"为""垂""吹""悲"等字，当时它们与"支"是同韵母的；十灰中收有"才""来""台""开"等字，又收有"回""梅""雷""杯"等字，当时它们的韵母同是 ai；六麻中收有"车""遮""奢""爷"，当时它们的韵母与"麻"一样都是 a。这种现象当然是由于声韵变化造成的。学习诗律必须以中古音为准，因而作诗用韵仍应遵照《广韵》音系的韵部。我们读唐诗时，遇到这种情况怎么办呢？目前学术界有两种意见：一是依现代汉语语音读，一是押韵处依中古音音值读。我赞成第二种意见。罗常培先生在《汉语音韵学导论》里附有"唐诗拟音举例"，如：

石头城　刘禹锡

山围故国周遭在，潮打空城寂寞回。
淮水东边旧时月，夜深还过女墙来。

此诗用十灰韵。罗先生于"回""来"皆注韵为 ai。读者可仿此例读古代格律诗。总之，当时在一首诗里，其韵的音值是相同的。

音韵学中的音值是音素的正确读音。字母或音标的音值就是字母或音标所代表的音素。《广韵》各韵的音值——当时实际的读音，因语音的变化而与现代语音差异甚大。近世瑞典汉学家高本汉在《中国音韵学研究》中用音标试拟了《广韵》的音值。中国语言学家王力又将高本汉原用音标改为国际音标，其音值与高氏假定的一致或相近。兹从王力《汉语音韵学》（中华书局，1982年版）所附《广韵》音值表录出，以供参考。

韵 表（一）

韵数	平声	上声	去声	开合	等列	韵母数	平上去音值	入声	入声音值
一	一东	一董	一送	合	1	1	uŋ	一屋	uk
					2, 3, 4	2	i̯uŋ		i̯uk
二	二冬	（二肿）	二宋	合	1	3	noŋ	二沃	uok
三	三钟	二肿	三用	合	3, 4	4	i̯ʷoŋ	三烛	i̯ʷok
四	四江	三讲	四绛	开	2	5	ɔŋ	四觉	ɔk
五	五支	四纸	五寘	开	2, 3, 4	6	i̯e		
				合	2, 3, 4	7	ʷi̯e		
六	六脂	五旨	六至	开	2, 3, 4	8	i		
				合	2, 3, 4	9	ʷi		
七	七之	六止	七志	开	2, 3, 4	10	i		
八	八微	七尾	八未	开	3	11	ei		
				合		12	ʷei		

续表

韵数	平声	上声	去声	开合	等列	韵母数	平上去音值	入声	入声音值
九	九鱼	八语	九御	合	2,3,4	13	i̯ʷo		
十	九虞	九麌	十遇	合	2,3,4	14	i̯u		
十一	十一模	十姥	十一暮	合	1	15	uo		
十二	十二齐	十一荠	十二霁	开	4	16	iei		
				合		17	i̯ʷei		
十三			十三祭	开	3,4	18	iɛi		
				合		19	i̯ʷɛi		
十四			十四泰	开	1	20	ɑi		
				合		21	uɑi		
十五	十三佳	十二蟹	十五卦	开	2	22	ai		
				合		23	ʷai		
十六	十四皆	十三骇	十六怪	开	2	24	a̠i		
				合		25	ʷa̠i		

韵表（二）

韵数	平声	上声	去声	开合	等列	韵母数	平上去音值	入声	入声音值
十七			十七夬	开	2	26	ai(?)		
				合		27	ʷai(?)*		
十八	十五灰	十四贿	十八队	合	1	28	uɐi		
十九	十六咍	十五海	十九代	开	1	29	ɐi		
二十			二十废	合	3	30	i̯ʷɐi		

续表

韵数	平声	上声	去声	开合	等列	韵母数	平上去音值	入声	入声音值
二十一	十七真	十六轸	廿一震	开	2, 3, 4	31	iĕn	五质	iĕt
				合		32	i̯ʷĕn		i̯ʷĕt
二十二	十八谆	十七准	廿二稕	合	2, 3, 4	33	iuĕn	六术	iuĕt
二十三	十九臻			开	2	34	iɛn	七栉	iɛt
二十四	二十文	十八吻	廿三问	合	3	35	i̯uət	八物	i̯uət
二十五	廿一欣	十九隐	廿四焮	开	2, 3	36	i̯ən	九迄	i̯ət
二十六	廿二元	二十阮	廿五愿	开	3	37	i̯ɐn	十月	i̯ɐt
				合		38	i̯ʷɐn		i̯ʷɐt
二十七	廿三魂	廿一混	廿六慁	合	1	39	uən	十一没	uət
二十八	廿四痕	廿二很	廿七恨	开	1	40	ən		ət
二十九	廿五寒	廿三旱	廿八翰	开	1	41	an	十二曷	at
三十	廿六桓	廿四缓	廿九换	合	1	42	uan	十三末	uat
三十一	廿七删	廿五潸	三十谏	开	2	43	an	十四黠	atʷat
				合		44	ʷan		
三十二	廿八山	廿六产	卅一裥	开	2	45	ɑ̇n	十五鎋	ɑ̇tʷɑ̇t
				合		46	ʷɑ̇n		

韵 表（三）

韵数	平声	上声	去声	开合	等列	韵母数	平上去音值	入声	入声音值
三十三	一先	廿七铣	卅二霰	开	4	47	ien	十六屑	iet
				合		48	iʷan		iʷet

续表

韵数	平声	上声	去声	开合	等列	韵母数	平上去音值	入声	入声音值
三十四	二仙	廿八狝	卅三线	开	3，4	49	iɛn	十七薛	iɛt
				合	2，3，4	50	iʷɛn		iʷɛt
三十五	三萧	廿九筱	卅四啸	开	4	51	ieu		
三十六	四宵	三十小	卅五笑	开	3，4	52	iɛu		
三十七	五肴	卅一巧	卅六效	开	2	53	au		
三十八	六豪	卅二皓	卅七号	开	1	54	au		
三十九	七歌	卅三哿	卅八个	开	1	55	ɑ		
四十	八戈	卅四果	卅九过	合	1	56	uɑ		
					3	57	iuɑ		
四十一	九麻	卅五马	四十祃	开	2，3，4	58	a		
						59	ia		
				合	2	60	ʷa		
四十二	十阳	卅六养	四十一漾	开	2，3，4	61	iɑŋ	十八药	iak
				合	3	62	iʷɑŋ		iʷak
四十三	十一唐	卅七荡	四十二宕	开	1	63	ɑŋ	十九铎	ak
				合		64	ʷɑŋ		ʷak
四十四	十二庚	卅八梗	四十三映	开	2	65	ɐ	二十陌	ɐk
					3	66	iɐŋ		iɐk
				合	2	67	ʷɐŋ		ʷɐk
					3	68	iʷɐŋ		—
四十五	十三耕	卅九耿	四十四诤	开	2	69	æŋ	廿一麦	æk
				合		70	ʷæŋ		ʷæk

043

韵 表（四）

韵数	平声	上声	去声	开合	等列	韵母数	平上去音值	入声	入声音值
四十六	十四清	四十静	四五十劲	开	3, 4	71	iɛŋ	廿二昔	iɛk
				合		72	iʷɐŋ		iʷek
四十七	十五青	四一十迥	四六十径	开	4	73	ieŋ	廿三锡	iek
				合		74	iʷɐŋ		iʷek
四十八	十六蒸	四二十拯	四七十证	开	2, 3, 4	75	iə̯	廿四职	iək
				合	3	76	—		iʷək
四十九	十七登	四三十等	四八十嶝	开	1	77	əŋ	廿五德	ək
				合		78	uəŋ		uək
五十	十八尤	四四十有	四九十宥	开	2, 3, 4	79	i̯ou		
五十一	十九侯	四五十厚	五十候	开	1	80	ə̯u		
五十二	二十幽	四六十黝	五一十幼	开	4	81	i̯ŋu		
五十三	廿一侵	四七十寝	五二十沁	开	2, 3, 4	82	iə̯m	廿六缉	iə̯p
五十四	廿二覃	四八十感	五三十勘	开	1	83	ɑm	廿七合	ɑp
五十五	廿三谈	四九十敢	五四十阚	开	1	84	am	廿八盍	ap
五十六	廿四盐	五十琰	五五十艳	开	3, 4	85	iɛm	廿九叶	iɛp
五十七	廿五添	五一十忝	五六十㮇	开	4	86	iem	三十帖	iep
五十八	廿六咸	五三十豏	五八十陷	开	2	87	ɑm	卅一洽	ɑp
五十九	廿七衔	五四十槛	五九十鉴	开	2	88	am	卅二狎	ap

续表

韵数	平声	上声	去声	开合	等列	韵母数	平上去音值	入声	入声音值
六十	廿八严	五十俨	五十七酽	开	3	89	i̯ɐm	卅三业	i̯ap
六十一	廿九凡	五十五范	六十梵	合	3	90	i̯ʷɐm	卅四乏	i̯ʷap

律诗——近体诗是用平声韵的，不能用仄声韵。韵部有宽与窄之分。韵部所收韵字多者如四支、七虞、一先、七阳、八庚、十一尤等为宽韵；韵部所收韵字很少者如二冬、三江、十五删、九青、十二侵、十三覃、十四盐、十五咸等为窄韵。读者初学作诗，最好选择宽韵，以便有较多的韵字供选用。

律诗是不换韵的，每首诗只能在某一平声韵部里选用韵字，不得与邻近的韵部如"东"与"冬"、"鱼"与"虞"、"真"与"文"、"寒"与"删"相混。如果诗中所用韵字，选用了邻近韵部的韵字，属严重违律，这叫作"失韵"或"出韵"，在古代科举考试时考官将弃置此试卷。读者做完本讲所附练习题后，自会形成严守本韵的观念。

初学诗律者在区分韵部后，作诗用韵注意以下四种情况：

（一）今音韵母相同，中古音则属不同的韵部，例如：

出塞作　王维

居延城外猎天骄，白草连天野火烧。
暮云空碛时驱马，秋日平原好射雕。
护羌校尉朝乘障，破虏将军夜渡辽。
玉靶角弓珠勒马，汉家将赐霍嫖姚。

咏怀古迹五首·其五　杜甫

诸葛大名垂宇宙，宗臣遗像肃清高。
三分割据纡筹策，万古云霄一羽毛。
伯仲之间见伊吕，指挥若定失萧曹。
运移汉祚终难复，志决身歼军务劳。

第一首属萧韵，第二首属豪韵，不能混同。

登　楼　杜甫

花近高楼伤客心，万方多难此登临。
锦江春色来天地，玉垒浮云变古今。
北极朝廷终不改，西山寇盗莫相侵。
可怜后主还祠庙，日暮聊为梁甫吟。

夏夜宿表兄话旧　　窦叔向

夜合花开香满庭，夜深微雨醉初醒。
远书珍重何曾达，旧事凄凉不可听。
去日儿童皆长大，昔年亲友半凋零。
明朝又是孤舟别，愁见河桥酒幔青。

第一首属侵韵，乃闭口韵，第二首属青韵，不能混同。

（二）在一个韵部中之韵字，今音不同，古音却同，必须遵守韵部规定，例如：

奉和立春游苑迎春　　沈佺期

东郊暂转迎春仗，上苑初飞行庆杯。
风射蛟冰千片断，气冲鱼钥九关开。
林中觅草才生蕙，殿里争花并是梅。
歌吹衔恩归路晚，栖乌半下凤城来。

街　西　　杜　牧

碧池新涨沿娇鸦，分镳长安富贵家。
游骑偶同人斗酒，名园相倚杏交花。
银鞍䯀䰏嘶宛马，绣鞯璁珑走钿车。
一曲将军何处笛，连云芳树日初斜。

哭刘蕡　李商隐

上帝深宫闭九阍，巫咸不下问衔冤。
广陵别后春涛隔，湓浦书来秋雨翻。
只有安仁能作诔，何曾宋玉解招魂。
平生风义兼师友，不敢同君哭寝门。

第一首"杯""梅"与"开""来"，第二首"家""鸦""花"与"车""斜"，第三首"阍""魂""门"与"冤""翻"，它们从今音看来不同韵，但古音韵部内是同韵的。

（三）某些韵部的韵字很少，用韵时难于从该部中选择韵字，故初学者不宜选用窄韵的韵脚，例如：

秋晚过洞庭　张泌

征帆初挂酒初酣，暮景离情两不堪。
千里晚霞云梦北，一洲霜橘洞庭南。
溪风送雨过秋寺，涧石惊龙落夜潭。
莫把羁魂吊湘魄，九疑愁绝锁烟岚。

长安春望　卢纶

东风吹雨过青山，却望千门草色闲。
家在梦中何日到，春来江上几人还。

川原缭绕浮云外,宫阙参差落照间。

谁念为儒逢世难,独将衰鬓客秦关。

此两诗第一首为覃韵,第二首为删韵,皆是韵字很少的窄韵,作品较少。

(四)宋人作诗力求新意新法,故有诗人于用韵时选取冷僻罕用的韵字,是为用险韵,如苏轼两首诗用"尖"与"叉"字为韵,故险韵又称尖叉韵:

雪后书北台壁二首

黄昏犹作雨纤纤,夜静无风势转严。

但觉衾裯如泼水,不知庭院已堆盐。

五更晓色来书幌,半夜寒声落画檐。

试扫北台看马耳,未随埋没有双尖。

城头初日始翻鸦,陌上晴泥已没车。

冻合玉楼寒起粟,光摇银海眩生花。

遗蝗入地应千尺,宿麦连云有几家。

老病自嗟诗力退,空吟冰柱忆刘叉。

苏轼两诗咏雪用险韵。当时王安石、苏辙有次韵之作,苏轼又在和答,传为诗坛佳话。初学者不宜用险韵。

诗韵各部之韵与音值不同,它们所表达的情感和造成的声韵亦不相同，这需要诗人细味辨识，选择最能表达主体之思想情感的韵部。作者在构思时，起句忽然出现一个韵字，往往以之用此部韵。由于诗思灵感产生，所择选之某部韵字不断相应出现，便可能命笔快意而作出一首好诗。

[练习]

将本教程所附唐人五言律诗四十首每首诗下注明所用韵部为何韵，例如注出"一东""十灰""十一真""七阳""十一尤""十二侵"等。

请先用铅笔标注，待参照本教程所附诗韵核实之后，再用钢笔或圆珠笔等标注。

完成此练习后，便可熟悉韵部，见惯平声字，凡非平声之字，则属仄声，因而有助于进一步辨识字声的平仄。

第五讲　诗　律

　　学习诗律必须首先学会五言律诗，它的格律是唐代近体诗的基本形式。读者学习作格律诗也必须先学会五言律诗，此后再学七律和绝句就容易了。近体诗的基本形式有两种，一是平起式，一是仄起式。我们以○标注平声，以●标注仄声。现在且看下面两首杜甫的诗：

早　花

西京安稳未？不见一人来。
○○○●●　●●●○○

腊日巴江曲，山花已自开。
●●●○●　○○●●○

盈盈当雪杏，艳艳待春梅。
○○○●●　●●●○○

直苦风尘暗，谁忧客鬓催。
●●○○●　○○●●○

猿

袅袅啼虚壁，萧萧挂冷枝。
● ● ○ ○ ●　○ ○ ● ● ○

艰难人不免，隐见尔如知。
○ ○ ○ ● ●　● ● ● ○ ○

惯习元从众，全生或用奇。
● ● ○ ○ ●　○ ○ ● ● ○

前林腾每及，父子莫相离。
○ ○ ○ ● ●　● ● ● ○ ○

《早花》第一句的一二三字是平声，是为平起式；《猿》第一句的一二字是仄声，是为仄起式。我们再看下面两首唐诗：

闲 游　李商隐

危亭题竹粉，曲沼嗅荷花。
○ ○ ○ ● ●　● ● ● ○ ○

数日同携酒，平明不在家。
● ● ○ ○ ●　○ ○ ● ● ○

寻幽殊未极，得句总堪夸。
○ ○ ○ ● ●　● ● ● ○ ○

强下西楼去，西楼倚暮霞。
● ● ○ ○ ●　○ ○ ● ● ○

洛中寄诸妹　元 淳

旧国经年别，关河万里思。
● ● ○ ○ ●　○ ○ ● ● ○

题书凭雁翼，望月想蛾眉。
○ ○ ○ ● ●　● ● ● ○ ○

白发愁偏觉,归心梦独知。
●●○○● ○○●●○

谁堪离乱处,掩泪向南枝。
○○○●● ●●●○○

第一首是平起式,第二首是仄起式。五律只有此两式,其余的七律、七绝、五绝也只有此两式。读者一定要在观念上明确:诗律的基本形式有平起式和仄起式两种。现在概括为:

[平起式]

○○○●● ●●●○○
●●●○○ ○○●●○
○○●●○ ●●●○○ (注:按图)
●●○○● ○○●●○

实际图示:
○○○●● ○○●●○
●●●○○ ○○●●○
○○●●○ ●●●○○
●●○○● ○○●●○

[仄起式]

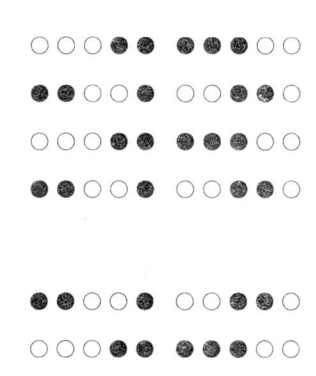

●●○○● ○○●●○
○○●●○ ●●●○○
●●○○● ○○●●○
○○○●● ●●●○○

我们先说平起式。在此式里,读者不难发现其平仄是有对称与重复规律的。对称的规律表现在上句与下句的平仄完全相反,如第一句为平平平仄仄,第二句为仄仄仄平平;第三句为仄仄平平仄,第四句为平平仄仄平。重复的规律表现在，我们将八句的前四句分为第一组，后四句为第二组，读者即可发现第二组的平仄是第一组的重复。我们掌握了此规律，便可知道上句的平仄，即能默写出下句；知道了第一组的平仄，即能默写出第二组。五律即是由平仄相同的两组组成的。两组的平仄全同，那么我们剖析一组的结构，便可懂得诗律的奥秘了。在这一组：

○○○●● ●●●○○
●●○○● ○○●●○

它们又分两小组：第一、二句是平起的，为一组；第三、四句是仄起的，为一组。这两组四句，便是律诗的基本句式。我们按照诗律的对称规律，只要记住上句的平仄，便可推知下句；这样便可将律诗的四个基本句式概括为两个基本句式：

平起式：平平平仄仄
　　　　○○○●●
仄起式：仄仄平平仄
　　　　●●○○●

现在请读者回头看看我们举的四首唐诗的例子，辨识平起式和仄起式，必然会发现：平起式的首句是平平平仄仄，仄起式的首句是仄仄平平仄。这样，律诗是平起或仄起完全取决于首句了。现在请读者背熟律诗四个基本句式，按照平起式和仄起式默写出这两式的格律来。如果尚不清楚，请反复阅读此讲，进行练习。

诗律的两种基本形式包含了古典美学对称、变化、统一、回环的原理，体现出汉语声韵的和谐与优美。律诗的上下句是平仄对称的，第三、四句体现音律节奏的变化，第二组的重复造成回环的效应，整首诗的声律归于和谐统一，具有严整的特点。它是古代诗人和音韵学家关于中国古典格律诗的经验总结。

此讲是学习诗律的关键，请读者牢固掌握诗律的平起与仄起的两种基本形式。

我们一再强调学习诗词格律必须从五言律诗入手。五律在古典格律诗体中具有非常重要的意义。清初学者宋荦说："律诗盛于唐，而五言律为尤盛。神龙以后陈（子昂）、杜（审言）、沈（佺期）、宋（之问）开其先，李（白）、杜（甫）、高（适）、岑（参）、王（维）、孟（浩然）诸家继起，卓然名家；子美（杜甫）变化尤高，在牝牡骊黄之外；降而钱（起）、刘（长卿）、韦（应物）、郎（士元），清辞妙句，令人一唱三叹，即晚唐刻画景物之外，亦足怡闲情而发幽思。始信四十字（五律）为唐人绝调，宋、元、明非无佳作，莫能出此范围矣。"（《漫堂说诗》）古人在五律艺术方面用的功夫最为深厚，唐代诗人的艺术成就尤高，故被推为"唐人绝调"，后来者难继。五律虽然仅四十字，但它是诗律和诗艺的基础，所以古人说："五律一首，如四十贤人，其中着一个屠沽儿不得。"这即是要求每一字皆要精审，不容一点敷衍鄙俗，而且对格律的要求特别严格。清人冒春荣说："五律句中，于平仄仄平用占之外，一三字虽不拘，然必须音韵合调，使呼应惬顺。若于不拘平仄字，随笔填凑成句，句虽无病，调则有病。宜平而仄，宜仄而平，诵之自不合调矣。"（《葚原诗说》卷一）初学者在辨识平仄和了解诗律后，可以按平起式或仄起式认真而严格地作一首五律，若它完全合律即标志着作者已懂得格律了。清代诗人袁枚谈学诗经验说："余教少年学诗者，当从五律入手，上可以攀古风（古体诗），下可以接七律。"（《随园诗话》卷二）诗人延君寿亦云："从小先读古体诗，发笔时当从五律入手。此体为试帖之源，且可上开古体，下启七言。"（《老生常谈》）五律为格律的基础，每句增加两字则为七律，取其四句则为五绝，再增加四句则为试帖诗。五绝、七绝、七律、五言排律、七言排律诸体的格律皆是从五律变化发展而形成的。唐代自永隆二年（681）开始以诗赋取士，所试之诗规定为五言十二句的排律，对声韵格律严格要求，例如苏颋于载初元年（689）应试而作的《御箭连中双兔》：

宸游经上苑，羽猎向闲田。
○○○●● ●●●○○

狡兔初迷窟，纤骊讵著鞭。
●●○○● ○○●●○

> 三驱仍百步,一发遂双连。
>
> 影射含霜草,魂销向月弦。
>
> 欢声动寒木,喜气满晴天。
>
> 那似陈王意,空垂乐府篇。

此诗四句一组,可分三组,第二组与第三组为平起式五律,加上第一组即构成平起试帖诗体。宋代欧阳修于天圣七年(1029)应国子试而作的《诏重修太学诗》:

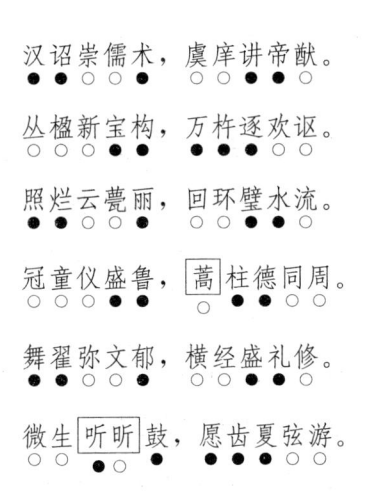

> 汉诏崇儒术,虞庠讲帝猷。
>
> 丛楹新宝构,万杵逐欢讴。
>
> 照烂云甍丽,回环璧水流。
>
> 冠童仪盛鲁,蒿柱德同周。
>
> 舞翟弥文郁,横经盛礼修。
>
> 微生听昕鼓,愿齿夏弦游。

这是仄起的试帖诗。以上两诗仅有个别地方用拗字(方框内之字),基本上仍是合律的。凡应制、应教、廷试、都堂试、礼部试、翰林馆试、省试、监试、提学试等皆用试帖体，所以古代士子为了应付各级考试，以及士大夫应制皆需学习此体，而试帖诗的基础仍是五律。现在我们学习诗律不为应试，也不必作试帖诗，但若要学会诗词格律，仍必须先学会五律。

  关于诗律，兹已谈到辨别字声平仄和区分韵部必须以《广韵》音系代表的中古音为标准，学习诗律先学会作五言律诗，五言律诗的关键在于区分平起式和仄起式。这是学习格律诗体入门的要诀，亦是本教程对复杂的诗律所做的极简要的概括。初学者可以遵照上述要点试作五律了。自清代学者总结诗律规则及体式之后，现代研究汉语诗律的学者往往将简单的诗律复杂化了，以致初学者不易掌握，例如关于诗体、律句和古诗的声律，兹试述如下：

  （一）律诗定体。南宋诗人魏庆之编的《诗人玉屑》里谈到的诗体极为繁杂，其中以时代划分则有建安体、黄初体、正始体、太康体、元嘉体、永明体、齐梁体、初唐体、盛唐体、大历体、元和体、晚唐体、元祐体、江西宗派体，还有按著名诗人之作品分体；此两种大都是从风格特征而划分的。他关于严格的诗体意义的分体则有古诗、近体、绝句、歌行、乐府、平声体、仄声体、古韵律诗、分韵、和韵、今韵、古律、杂体、回文、蜂腰体、隔句体、折腰体、五仄体、拗体、七言变体、绝句变体等等，此杂乱的划分是因分类概念不明确所导致。初学者没有必要去了解这些诗体的具体含义。我们谈诗律，应仅就律诗的概念进行分体。清初王士祯的《律诗定体》将律诗分为八体：五言仄起不入韵，五言仄起入韵，五言平起不入韵，五言平起入韵，七言平起不入韵，七言平起入韵，七言仄起入韵，七言仄起不入韵。我们从律诗创作而言，实可分为仄起入韵与不入韵，平起入韵与不入韵，共四体。此四体划分的依据是以首句——五言与七言的律诗和绝句之各诗的首句——为准，即诗的第一句起句的第一、二字若为仄声字则为仄起式，若为平声字则为平起式，首句用韵者为入韵，不用韵者为不入韵。兹举例以明：

仄起不入韵：

登襄阳城　杜审言

旅客三秋至，层城四望开。
● ●　　　△
楚山横地出，汉水接天回。
冠盖非新里，章华即旧台。
习池风景异，归路满尘埃。

灯　穆修

杳杳有时当永恨，依依何处照闲眠。
● ●　　　　　△
静临客枕愁寒雨，远逐渔篷秋暝烟。

纤影乍欹还自立，冷花时结不成圆。

销魂犹忆江楼夜，曾对离觞赋短篇。

五言律诗首句一般不用韵。唐人七言律诗首句一般用韵，宋人偶有首句不用韵者。判断平起式或仄起式以第一句之第二字为准，故有第一、二字之平仄不同者，例如沈佺期《被试出塞》首句"十年通大漠"为平起式，因"年"为平声字。又如刘禹锡《荆州道怀古》首句"南国山川旧帝畿"之第二字"国"为仄声，则为仄起式。首句之第一字可平可仄，但与第二字之平仄相同最好。

仄起入韵：

夏日仙萼亭应制　宋之问

高岭逼星河，乘舆此日过。
野含时雨润，山杂夏云多。
睿藻光岩穴，宸襟洽薜萝。
悠然小天下，归路满笙歌。

秋　兴　杜甫

玉露凋伤枫树林，巫山巫峡气萧森。
江间波浪兼天涌，塞上风云接地阴。

丛菊两开他日泪，孤舟一系故园心。

寒衣处处催刀尺，白帝城高急暮砧。

五律首句入韵者甚少，七律首句入韵最多。

平起不入韵：

铜雀台　　沈佺期

昔年分鼎地，今日望陵台。
一旦雄图尽，千秋遗令开。
绮罗君不见，歌舞妾空来。
恩共漳河水，东流无重回。

初入峡　　赵抃

峡江初过三游洞，天气新调二月风。
樵户人家随处见，仙源云路有时通。
峰峦压岸东西碧，桃李临波上下红。
险碛恶滩各几许，晚停征棹问渔翁。

平仄入韵：

陆浑山庄　　宋之问

归来物外情，负杖阅岩耕。
○○　　　△

源水看花入，幽林采药行。

野人相问姓，山鸟自呼名。

去去独吾乐，无能愧此生。

送韩十四江东觐省　　杜甫

兵戈不见老莱衣，叹息人间万事非。
○○　　　　　　　△

我已无家寻弟妹，君今何处访庭闱。

黄牛峡静滩声转，白马江寒树影稀。

此别应须各努力，故乡犹恐未同归。

以上四体中五律一般首句不用韵，七律一般首句用韵。凡首句入韵者，五律第五字与第三字平仄对换，即第五字为平声字，则第三字应为仄声字；第五字若为仄声字，则第三字应为平声字。七律则首句之第七字与第五字之平仄互换。其他的五绝、七绝之各体皆以此类推。此律诗四体在懂得诗律的基本知识后易于辨识。有此诗体观念，作诗则易入律合体了。

（二）律句。汉语诗律学的专著对诗句合律的与不合律的进行了详细的辨析和分列，合律的称为律句，例如五言律句：

仄仄平平仄
平仄平平仄
平平仄仄平
仄平平仄仄
平平平仄仄
平仄仄平平
仄仄仄平平
仄平仄仄平

七言律句：

平平仄仄平平仄
仄平平仄平平仄
平平平仄平平仄
仄平仄仄平平仄
仄仄平平仄仄平
平仄仄平仄仄平
平仄平平仄仄平
平仄仄平平仄仄
仄仄平平平仄仄

平仄平平平仄仄

仄仄仄平平仄仄

仄平平仄仄平平

平平仄仄仄平平

仄平仄仄仄平平

平平平仄仄平平

这种割裂诗律的整体而归纳整理出的律句，学诗律者可以不必考虑，更无必要去记住，要记住则甚难。我们只要懂得诗律的平起式和仄起式。例如五律，上句与下句的平仄是对应的，后四句与前四句的字声平仄是与前四句重复的，注意平仄字声的某些通融之处不影响格律即可。因此实无必要细究律句，而是否为律句是不难辨识的。

（三）古诗的声律。关于古诗，我们曾谈到在唐代格律诗兴起之后，诗人们创作时偶尔也融入了某些近体的声韵因素。清初王士禛在完成《律诗定体》之后，续又总结唐宋古诗的声律规则而完成了《古诗声调谱》。王维的《桃源行》中即有很多的律句：

渔舟逐水爱山春，两岸桃花夹古津。
○○●●●○○　●●○○●●○
坐看红树不知远，行尽青溪不见人。
●●○●●○●　○●○○●●○

山口潜行始隈隩，山开旷望旋平陆。
○○●○●○● ○○●●○○●

遥看一处攒云树，近入千家散花竹。 二
樵客初传汉姓名，居人未改秦衣服。
●●○○●●○ ○○●●○○●

居人共住武陵源，还从物外起田园。 三
月明松下房栊静，日出云中鸡犬喧。
●○○●○○○ ●●○○○●○

惊闻俗客争来集，竞引还家问都邑。 四
平明间巷扫花开，薄暮渔樵乘水入。
○○○●●○○ ●●○○○●●

初因避地去人间，及至成仙遂不还。 五
峡里谁知有人事，世中遥望空云山。
○○●●●○○ ●○○○○○○

不疑灵境难闻见，尘心未尽思乡县。
●○○●○○● ○○●●○○●

山洞无论隔山水，辞家终拟长游衍。 六
○●○○●○● ○○○●○○●

自谓经过旧不迷，安知峰壑今来变。
●●○○●●○ ○○○●○○●

当时只记入山深，青溪几曲到云林。 七
○○●●●○○ ○○●●●○○

春来遍是桃花水，不辨仙源何处寻。
○○●●○○● ●●○○○●○

此诗七言七段七换韵，其中第二段与第六段为六句，余皆每段四句，平韵与仄韵交互变换。虽然多用律句，但全诗用律句却无规律，故从体制与声韵而言仍是古诗。此外韩愈的《石鼓歌》许多平声韵句末三字为三个平声字，如"挥天戈""鸣相磨""皆遮罗""交枝柯""龙腾梭""来奔波""空吟哦"等，也有某些句子第五字用仄声者。这些似有一些规律可寻，却非律句。

关于古诗有某些声律可寻者，王士祯所举之例多为苏诗，尤以苏轼诗为典型，然而并未构成严密的格律。在卢照邻的《长安古意》、骆宾王的《帝京篇》、张若虚的《春江花月夜》、白居易的《长恨歌》、高适的《燕歌行》中，平仄韵交互，有许多对偶的标准的律句，显然受到律诗的影响，成功地运用了声韵规律，故声韵尤为和谐优美。唐代的古体诗，仍当以陈子昂、李白、杜甫等的五言古诗为典型。这些作品每句五言，篇幅随意，声律自然，音节偶有拗戾，整体和谐。李白的《古风》有五字全仄声的如"大雅久不作""尚采不死药""额鼻象五岳""一体更变易""后世仰末照""海客去已久""渡泸及五月""泣尽继以血"，五字全平声的如"圆光亏中天""萧萧长门宫""扬波喷云雷""胡关饶风沙""桃花开东园"。杜甫《北征》中亦时有五平或五仄声的句子，如"维时遭艰虞""怵惕久未出""乾坤含疮痍""前登寒山重""屡得饮马窟""野鼠拱乱穴""垢腻脚不袜""呕泄卧数日""移时施朱铅""正气有肃杀""桓桓陈将军""寂寞白兽闼""扫洒数不缺"。由此可见欲寻求古诗声律规则是不可能和不必要的。唐代古诗仍是较自由的诗体，而且作者与佳篇众多，我们在熟悉律诗之后，为扩展诗才，则可参考唐人名篇习作古诗。

[练习]

（1）将本讲附录杜甫五言律诗四十首，每首诗的每字以●或○注明仄或平，并注明为平起式或仄起式。

（2）比较平起式和仄起式各诗的平仄，发现合律与不合律之处，检验唐人作诗是否按照诗律。

〔附 录〕

杜甫五言律诗四十首

龙 门

龙门横野断,驿树出城来。气色皇居近,金银佛寺开。
往来时屡改,川水日悠哉。相阅征途上,生涯尽几回。

登兖州城楼

东郡趋庭日,南楼纵目初。浮云连海岳,平野入青徐。
孤嶂秦碑在,荒城鲁殿余。从来多古意,临眺独踌躇。

夜宴左氏庄

林风纤月落,衣露净琴张。暗水流花径,春星带草堂。
检书烧烛短,看剑引杯长。诗罢闻吴咏,扁舟意不忘。

对 雪

战哭多新鬼，愁吟独老翁。乱云低薄暮，急雪舞回风。
瓢弃樽无绿，炉存火似红。数州消息断，愁坐正书空。

月 夜

今夜鄜州月，闺中只独看。遥怜小儿女，未解忆长安。
香雾云鬟湿，清辉玉臂寒。何时倚虚幌，双照泪痕干。

春 望

国破山河在，城春草木深。感时花溅泪，恨别鸟惊心。
烽火连三月，家书抵万金。白头搔更短，浑欲不胜簪。

喜达行在所三首（录一）

西忆岐阳信，无人遂却回。眼穿当落日，心死著寒灰。
雾树行相引，莲峰望忽开。所亲惊老瘦，辛苦贼中来。

月

天上秋期近，人间月影清。入河蟾不没，捣药兔长生。
只益丹心苦，能添白发明。干戈知满地，休照国西营。

留别贾严二阁老两院补阙 得云字
田园须暂住，戎马惜离群。去远留诗别，愁多任酒醺。
一秋常苦雨，今日始无云。山路时吹角，那堪处处闻。

独酌成诗
灯花何太喜，酒绿正相亲。醉里从为客，诗成觉有神。
兵戈犹在眼，儒术岂谋身。共被微官缚，低头愧野人。

晚出左掖
昼刻传呼浅，春旗簇仗齐。退朝花底散，归院柳边迷。
楼雪融城湿，宫云去殿低。避人焚谏草，骑马欲鸡栖。

酬孟云卿
乐极伤头白，更长爱烛红。相逢难衮衮，告别莫匆匆。
但恐天河落，宁辞酒盏空。明朝牵世务，挥泪各西东。

春日忆李白
白也诗无敌，飘然思不群。清新庾开府，俊逸鲍参军。
渭北春天树，江东日暮云。何时一尊酒，重与细论文。

月夜忆舍弟

戍鼓断人行，边秋一雁声。露从今夜白，月是故乡明。
有弟皆分散，无家问死生。寄书长不达，况乃未休兵。

东　楼

万里流沙道，西征过北门。但添新战骨，不返旧征魂。
楼角凌风迥，城阴带水昏。传声看驿使，送节向河源。

为　农

锦里烟尘外，江村八九家。圆荷浮小叶，细麦落轻花。
卜宅从兹老，为农去国赊。远惭勾漏令，不得问丹砂。

田　舍

田舍清江曲，柴门古道旁。草深迷市井，地僻懒衣裳。
杨柳枝枝弱，枇杷树树香。鸬鹚西日照，晒翅满渔梁。

春夜喜雨

好雨知时节，当春乃发生。随风潜入夜，润物细无声。
野径云俱黑，江船火独明。晓看红湿处，花重锦官城。

石　镜

蜀王将此镜，送死置空山。冥寞怜香骨，提携近玉颜。
众妃无复叹，千骑亦虚还。独有伤心石，埋轮月宇间。

题新津北桥楼 得郊字

望极春城上，开筵近鸟巢。白花檐外朵，青柳槛前梢。
池水观为政，厨烟觉远庖。西川供客眼，惟有此江郊。

酬高使君相赠

古寺僧牢落，空房客寓居。故人供禄米，邻舍与园蔬。
双树容听法，三车肯载书。草玄吾岂敢，赋或似相如。

赠别何邕

生死论交地，何由见一人。悲君随燕雀，薄宦走风尘。
绵谷元通汉，沱江不向秦。五陵花满眼，传语故乡春。

畏　人

早花随处发，春鸟异方啼。万里清江上，三年落日低。
畏人成小筑，褊性合幽栖。门径从榛草，无心走马蹄。

水槛遣心二首（录一）

去郭轩楹敞，无村眺望赊。澄江平少岸，幽树晚多花。
细雨鱼儿出，微风燕子斜。城中十万户，此地两三家。

严公厅宴同咏蜀道画图 得空字

日临公馆静，画满地图雄。剑阁星桥北，松州雪岭东。
华夷山不断，吴蜀水相通。兴与烟霞会，清樽幸不空。

客　夜

客睡何曾著，秋天不肯明。卷帘残月影，高枕远江声。
计拙无衣食，途穷仗友生。老妻书数纸，应悉未归情。

望兜率寺

树密当山径，江深隔寺门。霏霏云气重，闪闪浪花翻。
不复知天大，空余见佛尊。时应清盥罢，随喜给孤园。

对　雨

莽莽天涯雨，江边独立时。不愁巴道路，恐湿汉旌旗。
雪岭防秋急，绳桥战胜迟。西戎甥舅礼，未敢背恩私。

薄 游

浙浙风生砌，团团日隐墙。遥空秋雁灭，半岭暮云长。
病叶多先坠，寒花只暂香。巴城添泪眼，今夜复清光。

城 上

草满巴西绿，空城白日长。风吹花片片，春动水茫茫。
八骏随天子，群臣从武皇。遥闻出巡狩，早晚遍遐荒。

暮 寒

雾隐平郊树，风含广岸波。沉沉春色静，惨惨暮寒多。
戍鼓犹长击，林莺遂不歌。忽思高宴会，朱袖拂云和。

正月三日归溪上有作简院内诸公

野外堂依竹，篱边水向城。蚁浮仍腊味，鸥泛已春声。
药许邻人剧，书从稚子擎。白头趋幕府，深觉负平生。

禹 庙

禹庙空山里，秋风落日斜。荒庭垂橘柚，古屋画龙蛇。
云气生虚壁，江声走白沙。早知乘四载，疏凿控三巴。

旅夜书怀

细草微风岸，危樯独夜舟。星垂平野阔，月涌大江流。
名岂文章著，官应老病休。飘飘何所似，天地一沙鸥。

将晓二首（录一）

石城除击柝，铁锁欲开关。鼓角愁荒塞，星河落曙山。
巴人常小梗，蜀使动无还。垂老孤帆色，飘飘犯百蛮。

宿江边阁

暝色延山径，高斋次水门。薄云岩际宿，孤月浪中翻。
鹳鹤追飞静，豺狼得食喧。不眠忧战伐，无力正乾坤。

上白帝城

城峻随天壁，楼高更女墙。江流思夏后，风至忆襄王。
老去闻悲角，人扶报夕阳。公孙初恃险，跃马意何长。

江 汉

江汉思归客，乾坤一腐儒。片云天共远，永夜月同孤。
落日心犹壮，秋风病欲疏。古来存老马，不必取长途。

月　圆

孤月当楼满，寒江动夜扉。委波金不定，照席绮逾依。
未缺空山静，高悬列宿稀。故园松桂发，万里共清辉。

送王侍御往东川放生池祖席

东川诗友合，此赠怯轻为。况复传宗近，空然惜别离。
梅花交近野，草色向平池。倘忆江边卧，归期愿早知。

第六讲 律诗和绝句

律诗常见的有两种：一是五言律诗；一是七言律诗。七言律诗亦分平起式与仄起式。这是在五言律诗的每句前加两个平声字或两个仄声字而成的，兹图示如下：

［平起式］

○○ ●●○○●　　●● ○○●●○
●● ○○○●● 　 ○○ ●●●○○
○○ ●●○○● 　 ●● ○○●●○
●● ○○○●● 　 ○○ ●●●○○

这是在五律仄起式每句前加相反的两个声字，首句原起两字为仄声，加两个平声字，遂为平起七律。

［仄起式］

●● ○○○●●　　○○ ●●●○○
○○ ●●○○●　　●● ○○●●○

●●｜○○○●●　　○○｜●●●○○
○○｜●●○●●　　●●｜○○●●○

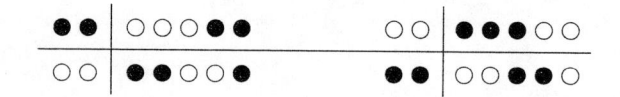

这是在五律平起式每句前加两个相反的声字，首句原起两字为平声，加两个仄声字，遂为仄起七律。

绝句即是截取律诗的一组（四句）而成。五言绝句的平起式和仄起式，是从五言律诗两式中截取的：

［平起式］

○○○●●　●●○○
●●○○●　○○●●○

［仄起式］

●●○○●　○○●●○
○○○●●　●●○○

七言绝句的平起式和仄起式，则是从七言律诗两式中截取的：

［平起式］

○○●○○●●　●●○●●○
●●○○○●●　○○●●●○

[仄起式]

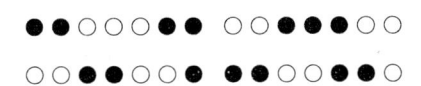

●●○○●　○○●●○
○○○●●　●●●○○

以上五律、七律、五绝、七绝每体各两式，共八式，每式的组合不容变动，否则便不成为律诗。例如五律平起式，不能将第二句换为第一句，若改为"●●●○○，○○○●●"，则违反律诗押平声韵的规定。又如将五律的组合进行改组，将第一、第二两句重复四次，同样是入律的八句，但这样改组后，声律便单调而无变化了。

诗律是严格的，但在个别之处容许有变通，而且若要从唐诗中找出一首诗每字都完全合格式者是甚为困难的。我在上一讲所举两例杜诗，是由唐诗研究专家刘开扬先生翻检杜诗后抄录以示的；李商隐和元淳的诗是我从大量唐诗五律中找出的。现在我再抄录五绝和七绝各一个标本：

听　筝　李端

鸣筝金粟柱，素手玉房前。
○○○●●　●●●○○

欲得周郎顾，时时误拂弦。
●●○○●　○○●●○

从军行　王昌龄

大漠风尘日色昏，红旗半卷出辕门。
● ● ○ ○ ● ● ○　○ ○ ● ● ● ○ ○

前军夜战洮河北，已报生擒吐谷浑。
○ ○ ● ● ○ ○ ●　● ● ○ ○ ● ● ○

第二首七绝首句按律本为●●○○○●●，因首句入韵，第七字与第五字平仄对换，故此诗为合律的标本。从王昌龄此诗我们可知，七绝一般首句是入韵的，为此首句第七字须与第五字平仄对换。当然七绝也有首句不入韵的，例如王维的《九月九日忆山东兄弟》：

独在异乡为异客，每逢佳节倍思亲。
　　　　　○ ●

遥知兄弟登高处，遍插茱萸少一人。

此诗首句句脚"客"，不入韵。七言律诗一般是首句入韵的，也就是将第七字与第五字平仄对换，如杜甫《咏怀古迹》的首句：

群山万壑赴荆门，生长明妃尚有村。
○ ○ ● ● ■ ○ ◯

一去紫台连朔漠，独留青冢向黄昏。
画图省识春风面，环珮空归夜月魂。
千载琵琶作胡语，分明怨恨曲中论。

五律首句一般不用韵，五绝首句也一般不用韵，若用韵则将第五字与第三字平仄对换，例如卢纶的五绝《塞下曲》即首句入韵：

月黑雁飞高，单于远遁逃。
● ● ◐ ○ ▫

欲将轻骑逐，大雪满弓刀。

杜甫的五律《月夜忆舍弟》首句入韵：

戍鼓断人行，边秋一雁声。
● ● ◐ ○ ▫

露从今月白，月是故乡明。
有弟皆分散，无家问死生。
寄书长不达，况乃未休兵。

此外，我们曾经讲过格律诗一律用平声韵，但读者会发现唐人绝句里有用仄声韵的，例如：

杂　咏　王维

君自故乡来，应知故乡事。
　　　　　　　　　　●
来日绮窗前，寒梅著花未？
　　　　　　　　　　●

081

玉阶怨 李白

玉阶生白露，夜久侵罗袜。

却下水精帘，玲珑望秋月。

江 雪 柳宗元

千山鸟飞绝，万径人踪灭。

孤舟蓑笠翁，独钓寒江雪。

酒泉太守席上醉后歌 岑参

酒泉太守能剑舞，高堂置酒夜击鼓。

胡笳一曲断人肠，座上相看泪如雨。

夏昼偶作 柳宗元

南州溽暑醉如酒，隐几熟眠开北牖。

日午独觉无余声，山童隔竹敲茶臼。

以上都是用仄声韵的绝句，不足为法，属于个别变例，所以有学者又将它们称为古绝句。读者初学，只学常例，勿作变体。

读者做了第一讲至第五讲的练习题后，自然会发现五言律诗平起和仄起的数十首诗中，某些字声不完全合律，这应是正常的，即在不破坏整体诗律的情形下是容许有一点变通的，例如杜甫的两首诗：

春日忆　李　白

白也诗无敌，飘然思不群。
●●○●　○○○●○

清新[庚]开府，俊逸鲍参军。
○○●○●　●●●○○

渭北春天树，江东日暮云。
●●○○●　○○●●○

何时[一][尊]酒，[重]与细论文。
○○●○●　●●●○○

此诗方框中的五字除"一"与"庚"字影响了格律外，余皆是可以的。

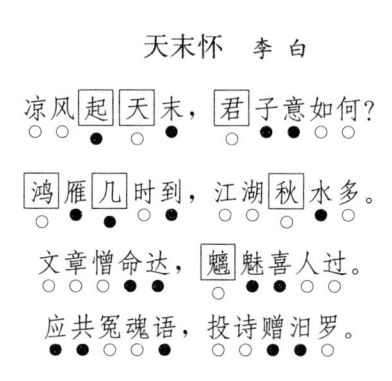

天末怀　李　白

凉风[起][天]末，[君]子意如何？
○○●○●　○●●○○

[鸿]雁[几]时到，江湖[秋]水多。
○●●○●　○○○●○

文章憎命达，[魑]魅喜人过。
○○○●●　○●●○●

应共冤魂语，投诗赠汨罗。
●●○○●　○○●●○

此诗中共有七字不入律，其中仅第一句"起"字属拗句，余皆可通融。关于变通的字声，中国古代有"一三五不论，二四六分明"之说，这是就七言格律诗而言的。此说在于不分平起式与仄起式，因而有严重的片面性，例如下面平起与仄起两式：

（一）平起式　◻○●●◻○●　　●●○○●

此式的首句可适用"一三五不论"，不影响诗律。

（二）仄起式　●●○○◻●●　　○○●●●○○

此式首句的第五字声便不能改动，因而"一三五不论"不适此式。再以五律为例：

（一）平起式　○○◻●●　　●●●○○

这两句中的第三字声是不能变动的。

（二）仄起式　●●◻○●　　◻○●●○

此式合于"一三不论"。

以上规则，请读者多加比较，细心辨别。初学者力求严守格律，在不影响诗律的情形下个别字可以通融。兹试以唐诗名篇为例，用△注明可以变通字声之处：

红　豆　王维

红豆生南国，春来发几枝。
　△

劝君休采撷，此物最相思。
　△

逢侠者　钱起

燕赵悲歌士，相逢剧孟家。

寸心言不尽，前路日将斜。

塞下曲　李白

五月无山雪，无花只有寒。

笛中闻折柳，春色未曾看。

晓战随金鼓，宵眠抱玉鞍。

愿将腰下剑，直为斩楼兰。

七夕　李贺

别浦今朝暗，罗帏午夜愁。

鹊辞穿线月，花入曝衣楼。

天上分金镜，人间望玉钩。

钱塘苏小小，又值一年秋。

长信秋词　王昌龄

奉帚平明金殿开，且将团扇共徘徊。

玉颜不及寒鸦色，犹带昭阳日影来。

贾　生　李商隐

宣室求贤访逐臣，贾生才调更无伦。

可怜夜半虚前席，不问苍生问鬼神。

左迁至蓝关示侄孙湘　韩愈

一封朝奏九重天，夕贬潮阳路八千。

欲为圣明除弊事，肯将衰朽惜残年。

云横秦岭家何在，雪拥蓝关马不前。

知汝远来应有意，好收吾骨瘴江边。

春夕旅怀　崔涂

水流花谢两无情，送尽东风过楚城。

蝴蝶梦中家万里，杜鹃枝上月三更。

故园书动经年绝，华发春催两鬓生。

自是不归归便得，五湖烟景有谁争。
　　　△　　　　　△　△

以上八首皆是合律的唐诗，它们均有变通字声之字，即以仄作平，或以平作仄，但凡标出之字皆不影响格律。初学者据诗律细细领会，便可真正掌握诗律了。

[练习]

从《唐诗三百首》中选七律、七绝和五绝各十首，于每字下注明平仄，标明平起式或仄起式，进一步辨识哪些地方是可平可仄，细心比较，总结经验。

第七讲　声　病

声病是格律诗中声韵的失律而造成的犯病。一般讲律诗声病有三种：

（一）八病。南朝永明体盛行之时没有积极的格律规定，而是从消极方面指出八种声病，要求作者不得犯病。初唐李延寿撰述的《南史·陆厥传》云：

> 永明……时盛为文章，吴兴沈约，陈郡谢朓，琅琊王融，以气类相推毂；汝南周颙善识声韵。约等为文，皆用字商，将平、上、去、入四声，以此制韵，有平头、上尾、蜂腰、鹤膝。五字之中，音韵悉异，两句之内，角徵不同；不可增减，世呼为永明体。

这种五言的永明体诗，开始于每句内讲究四声，于韵部严格区别。为求得诗作的合律，当时沈约提出避免八种诗病，据唐代皎然《诗式》里说："沈休文酷裁八病，碎用四声。"此八病的具体情况见于宋人魏庆之《诗人玉屑》卷十一，兹略述如下：

平头，如"今日良宴会，欢乐莫具陈"，此两句中的上句和下句的第一字皆用平声字。

上尾，如"青青河畔草，郁郁园中柳"，此两句中上句和下句的末尾之字皆为上声。

蜂腰，如"闻君爱我甘，窃欲自修饰"，此上句的"君"与"甘"为平声，下句的"欲"与"饰"为入声。

鹤膝，如"客从远方来，遗我一书札。上言长相思，下言久离别"，此四句中第一句与第三句之末字"来"与"思"皆为平声。

大韵，如用庚部韵，则上下两句之内不得再用此部之韵字，如"惊""倾""平""荣"等。

小韵，凡两句之内，除用一个韵字，其余九字之中不得有两字同此韵部之字。如用萧部韵，则两句之内的其余九字不得用"遥""条"之同部韵字。

旁纽，两句十字之内若连用两个同声母之字为双声，如"流"与"柳"。

正纽，两句十字之内用叠韵字，如"流""久"。

此八种诗病俱有合理的声韵之理，但甚为烦琐，运用起来非常困难，所以唐代近体诗律形成之后最忌的是上尾与鹤膝，因为此两病破坏了诗体，其余六种诗病则不计较了。唐代格律诗体，将四声简化为平仄两类，注重诗律的平起式与仄起式，不再考虑诗病。我们学习诗律，知道在诗律形成过程中曾有四声八病之说即可，没有必要求其详。

（二）失粘。格律诗凡格律平仄失调，即不合律者为失粘。宋人陈鹄《耆旧续闻》云："四声分韵，始于沈约。至唐以来，乃以声律取士，则今之律、赋是也。凡表启之类，近代声律尤严。或乖平仄，则谓之失粘。"狭义的失粘是指诗的两联之间的关系：上联对句的首两字为平声，下联的首两字也须是平声；若上联的对句首两字为仄声，下联的出句首两字也须是仄声。兹以五律为例标注如下：

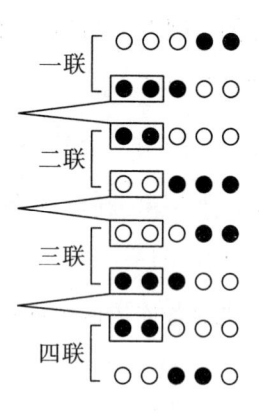

一联 ｛ ○○○●●
　　　 ●●●○○
二联 ｛ ●●○○●
　　　 ○○●●○
三联 ｛ ○○○●●
　　　 ●●●○○
四联 ｛ ●●○○●
　　　 ○○●●○

这样各联之间因前一联之对句与下一联之出句的首字平

仄相同，有似粘连。若破坏律诗固有的组合方式，例如：

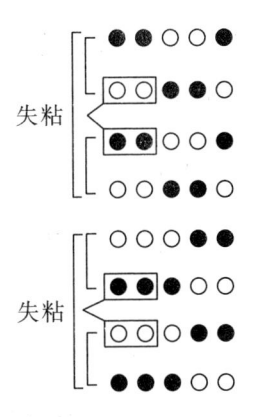

以上两例中上联之对句与下联之出句的首两字平仄相异，必然造成声韵单调重复，故是严重的失误。永明时期诗律尚不成熟，诗人们的作品多有失粘的现象，例如：

别范安成　沈　约

生平少年日，分手易前期。

及尔同衰暮，非复别离时。
　　　　　　○●

勿言一樽酒，明日难重持。
●○　　　　○●

梦中不识路，何以慰相思。
●○

和徐都曹　　谢朓

宛洛佳遨游，春色满皇州。

结轸青郊路，回瞰苍江流。
　　　　　　　　○●

日华川上动，风光草际浮。
●○

桃李成蹊径，桑榆阴道周。
○●

东都已俶载，言归望绿畴。

以上两诗各有两处失粘。初唐时也有此种现象。

送别崔著作东征　　陈子昂

金天方肃杀，白露始专征。
○○○●●　●●○○

王师非乐战，之子慎佳兵。
□○●●　□○○

海气侵南部，边风扫北平。
●●　　　□○

莫卖卢龙塞，归邀麟阁名。
●●○○●　　○●

此诗前四句内第一句与第三句，第二句与第四句字声平仄相同；后四句第一句与第三句，第二句与第四句字声平仄亦同，因不合律而致声律重复，缺乏变化。故失粘即是不合律。

唐代格律诗成熟后，这种狭义的失粘现象已少见，但广义的失粘现象却时常见到，即指上下句之间律诗的声调失调，例如杜甫《崔氏东山草堂》中的"有时自发钟磬响，落日更见渔樵人"，上句的"磬"应为仄声，下句的"更见"应为平声，"渔樵"应为仄声，故失律失粘。吴融的《灵宝县西》首两句"碧溪潋潋流残阳，晴沙两两眠鸳鸯"，各六字平仄全同，故失律失粘。崔颢《黄鹤楼》中的"昔人已乘黄鹤去，此地空余黄鹤楼"，其中"乘""黄"应为仄声，"鹤"应为平声，故失律失粘。关于避免失粘，谨遵诗律即可避免，尤应注意平起式或仄起式每句第二字之定格，此下之声字偶有变通但必须合律，即不会导致失粘。

（三）非律句。许多汉语诗律学一类的著述，详列了若干律句或非律句，句式烦琐，致使初学者徒生混淆之感。所谓非律句，即是基本上失律的诗句，例如：

　　黄鹄翅垂羽（杜甫）

　　离颜怨芳草（李白）

　　忆家兄弟贫（戴叔伦）

　　鸟下见人寂（韩愈）

　　落花游丝白日静（杜甫）

　　杜陵贤人清且廉（李白）

草色全经细雨湿（王维）
高阳酒徒半凋落（罗隐）
无赖春色到江亭（杜甫）
九江秀色可揽结（李白）

以上诸例凡平声字应为仄声，仄声字应为平声，这样才是律句。初学者应细细以诗律校核，便见诗例皆失律，尤其不应以名家为例而不顾诗律。

［练习］

从《唐诗三百首》中选出杜甫的五言律诗，找出不合律的病句，同时也找出某些字声通融而不失律的句子，反复比较。

第八讲　结构与对偶

律诗八句，每两句构成一联，共四联，中间两联是要求对偶的。兹举杜甫的五律与七律各一首并标示如下：

春夜喜雨

好雨知时节，当春乃发生。（首联，不对）

随风潜入夜，润物细无声。（颔联，对偶）

野径云俱黑，江船火独明。（颈联，对偶）

晓看红湿处，花重锦官城。（尾联，不对）

蜀　相

丞相祠堂何处寻？锦官城外柏森森。（首联，不对）

映阶碧草自春色，隔叶黄鹂空好音。（颔联，对偶）

三顾频烦天下计，两朝开济老臣心。（颈联，对偶）

出师未捷身先死，长使英雄泪满襟。（尾联，不对）

此将一首律诗的八句分为四个部分，每两句为一个单位，在于突出结构及整体，有首有尾。中间四句为主要部分，必须对偶，以体现诗艺之工整巧妙。诗人在创作时可由此进行构思而使诗艺形成内在的合理性并有完整的效应。

自明代文学的评点兴起以来，文学家们也将评点方法用于对诗歌的艺术分析。明末清初的文学家金圣叹对唐诗的评点善于从章法结构进行分析。他认为七律是七言八句的格律诗，将它分为两段，前段四句为前解，后段四句为后解。他又以科举考试习用的时文的结构来解唐诗，以为："诗与文虽是两样体，却是一样法。一样法者，起承转合也。除起承转合，更无文法；除起承转合，亦更无诗法也。"七律的首两句是起，三四句承，五六句转，后两句为合。这似乎很荒诞，因此清代诗学家指责金圣叹解诗走入"魔道"。然而我们试将此说与首联、颔联、颈联、尾联之分比较，二者实有相似或相同之处：首联即起，颔联即承，颈联即转，尾联即合。他与四分法的不同之处在于采用前后段（解）的二分法，这自有其合理之处。如刘禹锡的《西塞山怀古》：

王濬楼船下益州，金陵王气黯然收。｝前解
千寻铁锁沉江底，一片降旗出石头。

人世几回伤往事，山形依旧枕寒流。｝后解
今逢四海为家日，故垒萧萧芦荻秋。

金圣叹分析云："前解先写'金陵古',后解独写'怀'。'王濬下益州',只加'楼船'二字,便觉声势之甚。所以写王濬必要声势之甚者,还欲反衬金陵惨阻之甚也。从来甲子兴亡,必有如此相形。正是眼看不得。'黯然收','收'字妙,更不多费笔墨,而当时面缚出降,更无半策气色如画。三四'铁锁沉江底','降旗出石头',此即详写'黯然收'三字也。看他又如'千寻'字,'一片'字,写前日锁江锁得尽情,此日降晋又降得尽情,以为一笑也。〔后解〕看他如此转笔,于律诗中真为象天回身,非驴所拟。而又随手插得'几回'二字,便见此后兴亡不止孙皓一番,直将六朝纷纷,曾不足当其一叹也！结用无数衰飒字,如'故垒',如'萧萧',如'芦荻',如'秋',写当今四海为家,此又一奇也。"韩愈于元和十四年（819）因反对唐宪宗佞佛,谏迎佛骨表,几乎被定为死罪,贬谪为潮州刺史。他于贬途中作了《左迁至蓝关示侄孙湘》：

一封朝奏九重天,夕贬潮州路八千。⎫
欲为圣朝除弊事,肯将衰朽惜残年。⎭前解
云横秦岭家何在,雪拥蓝关马不前。⎫
知汝远来应有意,好收吾骨瘴江边。⎭后解

金圣叹解云："一二（句）不对也,然为'朝'字与

'夕'字对,'奏'字与'贬'字对,'一封''九重'字与'八千'字对,'天'字与'潮州路'字对,于是诵之遂觉极其激昂。谁谓先生起衰之功,只在散行文字!才奏便贬,才贬便行,急承三四一联。老臣之诚悃,大臣之丰裁,千载如今日。五六非写秦岭云、蓝关雪也,一句回顾,一句前瞻,恰好逼出'瘴江边'三字。盖君子诚幸而死得其所,即刻刻是死所。'收骨江边'正复快语,安有谏迎佛骨韩文公肯作'家何在'妇人之声哉!"金圣叹解诗的两例,可见他将律诗分为前后两段,前段写景、叙事,后段言志或抒情;前后段之诗意是有变化的,避免了诗意的平板直滞,更显章法的精巧。以上两种律诗结构的分析法,可作为初学者习作时对整诗的谋篇布局的参考或引导,以便对律诗之精美的艺术形式更有所理解。

律诗的每联有专门的名称,读者知道即可。关于对偶,律诗要求颔联和颈联必对。对偶要求以类排比,字面音节,两两相对:

(一)平仄相对:起句平声字,对句则仄声字;起句仄声字,对句则平声字。

(二)同词类相对:例如名词对名词,动词对动词,形容词对形容词,数量词对数量词等。

(三)同结构相对:词语结构相同,如主谓结构对主谓结构,偏正结构对偏正结构,联合结构对联合结构等。

关于绝句,一般是不对偶的,也有首联对偶的,例如:

八阵图　杜甫

功盖三分国,名成八阵图。(对偶)
江流石不转,遗恨失吞吴。

答张继　皇甫冉

怅望南徐登北固,迢遥西塞阻东关。(对偶)
落日临川问音信,寒潮惟带夕阳还。

兹谨从唐诗辑出工整之对偶句,以供初学者创作时参考:

一身去国六千里,万死投荒十二年。(柳宗元)
几处早莺争暖树,谁家新燕啄春泥。(白居易)
人闲易有芳时恨,地迥难招自古魂。(韩偓)
九天阊阖开宫殿,万国衣冠拜冕旒。(王维)
万里悲秋常作客,百年多病独登台。(杜甫)
于今腐草无萤火,终古垂杨有暮鸦。(李商隐)
三山半落青天外,一水中分白鹭洲。(李白)
三年笛里关山月,万国兵前草木风。(杜甫)
三春白雪归青冢,万里黄河绕黑山。(杜甫)
山围故国周遭在,潮打空城寂寞回。(刘禹锡)

五更鼓角声悲壮，三峡星河影动摇。（杜甫）
不见乡书传雁足，惟看新月吐蛾眉。（王涯）
天上碧桃和露种，日边红杏倚云栽。（高蟾）
气蒸云梦泽，波撼岳阳城。（孟浩然）
长乐钟声花外尽，龙池柳色雨中深。（钱起）
水声东去市朝变，山势北来官殿高。（许浑）
玉户帘中卷不去，捣衣砧上拂还来。（张若虚）
归目并随回雁尽，愁肠正遇断猿时。（刘禹锡）
鸟来鸟去山色里，人歌人哭水声中。（杜牧）
鸟啼花落人何在，竹死桐枯凤不来。（崔珏）
宁为宇宙闲吟客，怕作乾坤窃禄人。（杜荀鹤）
回日楼台非甲帐，去时冠剑是丁年。（温庭筠）
回乐峰前沙似雪，受降城外月如霜。（李益）
自去自来梁上燕，相亲相近水中鸥。（杜甫）
行人刁斗风沙暗，公主琵琶幽怨多。（李颀）
庄生晓梦迷蝴蝶，望帝春心托杜鹃。（李商隐）
江间波浪兼天涌，塞上风云接地阴。（杜甫）
红袖织绫夸柿蒂，青旗沽酒趁梨花。（白居易）
两个黄鹂鸣翠柳，一行白鹭上青天。（杜甫）
芳草有情皆碍马，好云无处不遮楼。（罗隐）
吴宫花草埋幽径，晋代衣冠成古丘。（李白）
身无彩凤双飞翼，心有灵犀一点通。（李商隐）

沧海月明珠有泪，蓝田日暖玉生烟。（李商隐）

沉舟侧畔千帆过，病树前头万木春。（刘禹锡）

词客有灵应识我，霸才无主始怜君。（温庭筠）

鸡声茅店月，人迹板桥霜。（温庭筠）

昔日戏言身后意，今朝都到眼前来。（元稹）

明月好同三径夜，绿杨宜作两家春。（白居易）

试玉要烧三日满，辨材须待七年期。（白居易）

织女机丝虚夜月，石鲸鳞甲动秋风。（杜甫）

细水浮花归别涧，断云含雨入孤村。（韩偓）

细雨湿衣看不见，闲花落地听无声。（刘长卿）

残星几点雁横塞，长笛一声人倚楼。（赵嘏）

草萤有耀终非火，荷露虽团岂是珠。（白居易）

春蚕到死丝方尽，蜡炬成灰泪始干。（李商隐）

映阶碧草自春色，隔叶黄鹂空好音。（杜甫）

红豆啄残鹦鹉粒，碧梧栖老凤凰枝。（杜甫）

秋风万里芙蓉国，暮雨千家薜荔村。（谭用之）

秋草独寻人去后，寒林空见日斜时。（刘长卿）

穿花蛱蝶深深见，点水蜻蜓款款飞。（杜甫）

耿耿残灯背壁影，萧萧暗雨打窗声。（白居易）

海日生残夜，江春入旧年。（王湾）

银烛树前长似昼，露桃花里不知秋。（韦庄）

秾丽最宜新著雨，妖娆全在欲开时。（郑谷）

深秋帘幕千家雨，落日楼台一笛风。（杜牧）

落花人独立，微雨燕双飞。（翁宏）

紫艳半开篱菊静，红衣落尽渚莲愁。（赵嘏）

曾经沧海难为水，除却巫山不是云。（元稹）

漠漠水田飞白鹭，阴阴夏木啭黄鹂。（王维）

蝴蝶梦中家万里，杜鹃枝上月三更。（崔涂）

以上这些对偶句皆是很工整的，有许多是名句，值得认真学习和领悟。如果在创作构思时，忽然产生了满意的对偶句，即可依此补足成篇，亦是一种作诗的方法。

从文学创作的角度讲述格律诗的作法，请读者阅读上海辞书出版社出版的《唐诗鉴赏辞典》，自会悟得。本教程主要是讲诗律，引导读者基本上掌握中国格律诗体的格律，读者得以入门，则本教程的任务即完成了。读者欲进一步探讨诗艺，则请勤于练习，多读唐宋典范之作，查阅专门的理论著作。

［练习］

（1）作五言律诗平起式和仄起式各五首。

（2）作七律、五绝、七绝的平起式与仄起式各二首。

（3）从以上作业中选出五律、七律、五绝、七绝的平起式和仄起式各一首，请精通诗律的前辈或专家审定，以检验是否合符诗律,亦考查是否学好了本教程。

(4) 熟读本讲附录《笠翁对韵》,以领会对偶的规则。

〔附录〕

诗 韵

清康熙年间,张玉书等奉敕据"平水韵"重新编撰《佩文诗韵》,以作为诗韵准则。周兆基于乾隆间历主文衡,为便士子使用诗韵,特将《佩文诗韵》进行简编,辑为《佩文诗韵释要》五卷,自此通行于世。兹从《佩文诗韵释要》分部辑出常用韵字,以供参考。

[上平声]

一 东

东 同 铜 桐 筒 童 僮 瞳 中 衷 忠 虫 冲 终
戎 嵩 崇 弓 躬 宫 融 雄 熊 穹 穷 冯 风 枫
充 隆 空 公 功 工 攻 蒙 濛 笼 聋 栊 珑 洪
红 鸿 虹 丛 翁 葱 聪 骢 通 蓬 篷 烘 胧 峒
瞳 忡 崧 芃 曹 恫 窿 朦 盅 棕 硁

二 冬

浓 雍 胸 封 庸 蓉 容 松 春 龙 钟 宗 农 冬
供 恭 慵 笴 蛩 锋 蜂 峰 茸 踪 缝 逢 从 重
淞 龚 纵 壅 邕 噫 溶 凶 狨 侬 淙 惊 琮
　 　 　 　 　 　 　 彤 丰 醲 汹 匈

三 江

撞 腔 庞 双 降 缸 邦 扽 窗 龙 扛 釭 杠 江
　 　 　 　 　 　 　 　 　 　 梆 桩 幢

四 支

离 儿 皮 仪 宜 奇 碑 陂 吹 垂 为 移 枝 支
之 悲 眉 疑 迟 姿 师 夷 危 规 池 驰 知 施
司 丝 姬 龟 基 期 词 碑 辞 旗 棋 思 时 芝
慈 弥 麾 疲 祠 维 痴 随 持 滋 披 帷 医 葵
卑 差 塈 兹 后 湄 炊 狸 尸 嬉 骑 雎 脂 肌
疵 欺 熙 窥 篦 斯 谁 岐 歧 曦 资 颐 薿 亏
椎 锱 追 差 麋 私 涯 姨 衰 饥 巍 澌 羁 笞
訾 肢 羲 祁 伊 窥 牺 尼 锥 怡 飓 痍 菱 厘
　 　 黎 　 崎 椎 惟 孜 贻 僖 痲 斯 缡 狮

五微

微 薇 晖 辉 徽 挥 翚 韦 围 帏 闱 违 霏 非
菲 妃 绯 飞 扉 肥 威 祈 畿 机 几 讥 矶 玑
饥 稀 希 晞 衣 依 沂 巍 归 欷 旂 颀 祎 圻

六鱼

鱼 渔 初 书 舒 裾 车 渠 蘧 余 予 舆 胥 储
锄 疏 蔬 梳 虚 噓 徐 猪 间 庐 驴 诸 除 蹰
如 墟 琚 欤 於 摅 茹 沮 祛 淤 妤 雎 纾 蹯
趄 屠 练 歔 据 狙 樗 榈 潴 薯

七虞

虞 愚 娱 隅 无 芜 巫 于 盂 癯 衢 儒 濡 襦
株 诛 蛛 殊 铢 瑜 毹 谀 愉 腴 区 驱 躯 朱
珠 趋 扶 符 凫 雏 敷 夫 肤 纡 输 枢 厨 俱
驹 模 谟 蒲 胡 湖 瑚 乎 壶 狐 弧 孤 辜 姑
徒 途 涂 茶 图 屠 奴 呼 吾 梧 吴 租 卢 芦
苏 酥 汙 渝 枯 岖 铺 诬 竽 吁 瞿 需 逾
觎 黇 乌 臾 舻 徂 孚 桴 葫 芙 舣 鸬 炉 零 醐
酤 凫 鸪 荸 俘 蹰 摹 驴 枹 葫 芙 舣 鸬 炉 劬
殳

八 齐

齐 脐 黎 犁 藜 梨 璃 妻 萋 凄 堤 牴 低 氐
梯 题 提 荑 蹄 缔 篦 堤 缔 渐 鸡 稽 笄 兮 圭 闺
奚 蹊 西 栖 犀 梯 鼙 批 跻 赍 迷 泥 圭 闺
携 奎 畦

九 佳

佳 街 鞋 牌 柴 钗 差 崖 阶 偕 谐 骸 排 乖
怀 淮 豺 侪 埋 霾 斋 皆 喈 揩 俳

十 灰

灰 恢 魁 限 回 徊 槐 枚 梅 媒 煤 瑰 雷 罍
催 摧 堆 陪 杯 嵬 推 开 哀 埃 台 该 才 材 裁
财 栽 来 莱 栽 哉 灾 猜 胎 腮 洄 莓 崔 裴
培 垓 皑 欸 诙 煨 咳 抬 隤 醅 苔 骀 倈

十一 真

真 因 茵 辛 新 薪 晨 辰 臣 人 仁 神 亲 申
伸 绅 身 宾 滨 邻 鳞 麟 珍 瞋 尘 陈 春 津
秦 频 蘋 颦 银 垠 筠 巾 囷 民 贫 淳 醇 莼 榛
纯 唇 伦 纶 轮 沦 匀 旬 巡 驯 钧 均 臻 榛

姻 宸 寅 嫔 旻 彬 鹑 皲 遵 循 甄 岷 谆 椿
询 岣 莘 堙 屯 呻 潾 濒 逡 泯 湮 贪 荀 竣
蓁 氤 闉 磷

十二 文

文 闻 纹 云 氛 分 纷 芬 焚 坟 群 裙 君 军
勤 斤 筋 勋 薰 曛 熏 荤 耘 棼 汾 濆 盉 员
欣 芹 殷 昕 赍 纭 醺 雾 雯

十三 元

元 原 源 园 猿 辕 垣 烦 繁 蕃 藩 樊 翻 旛
暄 萱 喧 冤 言 轩 昏 婚 魂 浑 裈 温 孙 门 尊
樽 存 蹲 敦 墩 昏 婚 阍 痕 根 恩 吞 沅 湲
媛 爰 援 鼗 幡 番 谖 鸳 掀 昆 鲲 鹍 扪 荪
贲 仑 跟 袁 昆 喷 暾 豚 村 盆 奔 论 坤

十四 寒

寒 韩 翰 丹 殚 单 安 难 餐 滩 坛 檀 弹 残
干 肝 竿 阑 栏 澜 兰 看 刊 丸 桓 纨 端 湍
酸 团 抟 攒 官 观 冠 鸾 銮 栾 峦 欢 宽 盘
蟠 漫 汗 郸 叹 摊 姗 珊 玕 奸 洿 棺 钻 瘢
潘 跚 箪 拦 完 般 汍 馒

十五 删

删 潸 关 弯 湾 还 环 鬟 寰 圜 班 斑 颁 般
蛮 颜 攀 顽 山 鳏 间 艰 闲 娴 悭 孱 潺

[下平声]

一 先

先 前 千 阡 笺 鞯 天 坚 肩 贤 弦 绚 烟 燕
莲 怜 田 填 钿 年 颠 巅 牵 妍 研 眠 渊 涓
边 编 玄 悬 泉 迁 仙 鲜 钱 煎 然 延 筵 毡
膻 禅 蝉 缠 廛 连 联 涟 篇 偏 绵 全 宣 镌
穿 川 缘 鸢 铅 捐 旋 娟 船 涎 鞭 铨 筌 专
砖 圆 员 乾 虔 褰 权 拳 椽 传 焉 跹 芊 溅
舷 咽 阗 鹃 遄 翩 扁 荃 骞 嫣

二 萧

萧 箫 挑 貂 刁 凋 雕 迢 条 髫 跳 蜩 苕 调
枭 浇 聊 辽 寥 撩 僚 寮 尧 幺 宵 霄 绡 销
超 朝 潮 嚣 樵 谯 骄 娇 焦 蕉 椒 饶 桡 烧
遥 荛 徭 姚 摇 谣 瑶 韶 昭 招 飚 标 镳 瓢
苗 描 猫 腰 要 邀 鸮 乔 桥 侨 妖 夭 漂 飘

翘 佻 徼 漻 娆 飘 橇 潇 骁 逍 佻

三 肴

肴 巢 交 郊 茅 嘲 钞 包 胶 爻 苞 梢 蛟 庖
鲍 敲 胞 抛 鲛 崤 炮 笣 哮 捎 茭 消 蛸 泡
跑 謷 教 鞘 剿 坳 铙

四 豪

豪 毫 操 绦 刀 萄 褒 桃 槽 漕 袍 挠 蒿 涛
皋 号 陶 螯 翱 鳌 敖 曹 遭 糕 篙 羔 高 嘈
搔 毛 滔 骚 韬 缫 膏 牢 醪 逃 槽 濠 劳 洮
叨 臊 淘 熬 拨 咷 嗥

五 歌

歌 多 罗 河 戈 阿 和 波 科 柯 陀 娥 蛾 鹅
萝 荷 何 过 磨 螺 禾 窠 哥 娑 沱 峨 苛 那
诃 珂 轲 莎 蘘 梭 婆 摩 魔 讹 坡 颇 酡 俄
哦 呵 么 窝 跎 搓 驼 鼍 蹉 搓 驮 锅 倭

六 麻

麻 花 霞 家 茶 华 沙 车 牙 蛇 余 瓜 斜 邪
芽 嘉 瑕 纱 鸦 遮 叉 葩 奢 琶 衙 赊 夸 巴

枷蜗　呀杷　挖琊　茄笆　葭桠　虾些　哗丫　蛙窪　差娃哇　笳芭　遮爷迦　耶爬权　加娲裟

七阳

阳塘方绀唐良桑铓浪当彷
杨妆浆箱狂航刚商珰伴
扬常觞厢强飏祥防纲裳镗
香凉梁厢创肠倡详筐亢裳蜇
乡霜娘藏忘康羌旸煌吭戕
光藏庄芒冈姜祥篁隍钢杭铠
昌场黄望苍僵梁量陧丧颃嫜
堂央仓尝匡薑量凰糠邙雾
章泱皇偿荒湟羊徨簧邛
张鸯装樯遑缰疆伤汤蝗忙亡
王秧殇襄枪行妨粮樟惶茫殃
房嫱襄坊妨棠将璋椰傍汪芳
芳狼相囊郎棠将彰廊琅蔷孀
长床湘郎翔墙彰廊琅蔷孀

八庚

庚惊荣樱
更荆擎泓
羹明鲸橙
横盟鲸橙
彭鸣黥争
棚迎鼢筝
亨荣行清
英兵衡情
瑛莹耕晴
烹兄萌睛
平卿珉精
评卿珉精
枰甥闳菁
京笙茎旌
牲莺晶盈

111

醒霆砰怦
程撑赪
呈赓琤
诚鹓铮侦赪
城倾琼鹦璎
盛萦丁嘤
成并嵘莹
贞令铿蜻
婴名蘅鐙
营轻猩旬
赢正苹轰
瀛征峥绷
楹声伧坪

九青

青丁龄冥町
经宁铃溟瞑
泾钉泠铭
形仃苓瓶
刑馨伶屏
硎星零饼
铏腥玲萍
型醒珑荧
陉惺翎萤
亭俜瓴荥
庭娉囹肩
廷灵聆坰
霆棂厅瞑
停醽汀螟

十蒸

蒸绳灯薨
烝乘僧腾
承塍髻滕
丞昇崩藤
惩升增恒
陵胜曾崚
凌兴憎冯
绫缯层凝
冰凭能罾
膺仍棱
鹰兢朋
应矜鹏弘
膺称弘
蝇登肱

十一尤

尤牛筹
邮修稠
优羞邱
忧秋抽
流楸湫
留周遒
骝州逎
刘洲收
由舟鸠
油酬不
游仇愁
猷柔休
悠俦囚
攸畴求
裘

球 浮 谋 牟 眸 侔 矛 侯 猴 喉 讴 沤 鸥 楼
陬 偷 头 投 钩 沟 幽 蚴 疣 耰 绸 遛 瘤 樘
犹 啾 酋 赒 蹂 揉 搜 挡 绌 裯 迼 桴 篌 欧
兜 妯 惆 篝 抔 呦 缪 旒 瓯 貅 庥

十二 侵

侵 寻 林 霖 临 针 箴 斟 沉 碪 深 淫 心 琴
禽 擒 钦 衾 吟 今 襟 金 音 阴 岑 簪 琳 琛
忱 壬 任 霪 憎 钦 歆 禁 喑 森 参 芩 淋 郴
妊 浔 骎 棋 檎

十三 覃

覃 潭 谭 昙 参 骖 南 楠 男 谙 庵 含 涵 函
岚 蚕 探 贪 眈 湛 龛 堪 戡 谈 甘 三 酣 篮
柑 惭 蓝 担 憨 毵 婪 颔 邯 酰 澹

十四 盐

盐 檐 廉 帘 嫌 严 占 髯 谦 奁 纤 签 瞻 蟾
炎 添 兼 缣 沾 尖 潜 阎 蟾 粘 淹 甜 恬 拈
詹 歼 厌 蒹 阽 觇 箝 襜 钤 佥 鬑 阉

十五 咸

咸 缄 谗 衔 岩 帆 衫 杉 监 凡 巉 馋 芟 喃
嵌 掺

[上声]

一 董

董 动 孔 总 笼 澒 汞 桶 空 蓊 拢 洞 懂

二 肿

肿 种 踵 宠 陇 垄 拥 冗 重 冢 奉 捧 勇 涌
甬 俑 恿 恐 拱 巩 竦 悚 耸

三 讲

讲 港 棒 蚌 项

四 纸

纸	只	咫	是	砥	抵	靡	彼	毁	委	诡	傀	髓	累
妓	绮	此	茈	汦	蕊	褫	徙	屣	諀	尔	迩	弭	弥
婢	弛	紫	捶	企	旨	指	视	美	訾	否	几	姊	匕
比	妣	水	止	市	恃	徵	喜	己	纪	跪	技	蚁	地

114

鄙 晷 宄 子 矢 洧 雉 死 履 垒 诔 揆 癸
沚 趾 芷 以 苡 似 耜 汜 姒 巳 祀 史 使
驶 耳 珥 里 理 李 浒 起 杞 士 仕 俟 始 峙
齿 矣 拟 耻 祉 浑 逦 痞 痏 倚 你

五 尾

尾 鬼 苇 卉 亹 伟 跮 篚 炜 斐 菲 岂 匪

六 语

语 围 圄 龉 吕 侣 旅 苎 抒 杼 伫 与 予 渚
煮 汝 茹 暑 鼠 黍 杵 处 贮 褚 楮 醑 女 许 绪
拒 距 炬 钜 所 楚 础 阻 俎 举 叙 序 绪 屿
墅

七 麌

麌 雨 羽 禹 宇 舞 父 府 鼓 虎 古 股 贾 蛊
土 吐 圄 谱 户 树 麈 煦 卤 努 肚 妩 沪 辅
组 乳 弩 补 鲁 橹 睹 竖 腐 数 簿 姥 普 拊
侮 虎 斧 聚 午 伍 缕 部 柱 矩 武 脯 苦 取
抚 浦 主 杜 祖 堵 愈 祜 雇 虏 父 甫 黼 腑
俯 怃 估 诂 浒 栩 挂 赌

八 荠

荠 礼 米 启 醴 陛 洗 邸 底 诋 抵 弟 悌 娣
递 涕 济 蠡 澧 泚 綮

九 蟹

蟹 解 骇 买 楷 獬 澥 骽 奶 摆 枴 矮

十 贿

贿 悔 改 采 彩 海 在 罪 宰 载 铠 恺 待 怠
殆 倍 猥 块 儡 每 亥 乃

十一 轸

轸 敏 允 引 尹 尽 忍 准 隼 笋 盾 闵 悯 菌
哂 肾 牝 窘 陨 殒 蠢 紧 狁

十二 吻

吻 粉 愤 隐 谨 近 恽 忿 槿 坟 耄

十三 阮

阮 远 晚 苑 返 反 阪 损 饮 偃 堰 衮 稳 捆
很 垦 恳 棍

十四 旱

旱 暖 管 满 短 馆 盥 缓 碗 款 懒 伞 卵 散
伴 诞 罕 浣 断 蜑 但 坦 袒 纂

十五 潸

潸 眼 简 版 盏 产 限 撰 栈 绾 赧 划 柬 拣
莞

十六 铣

铣 善 遣 浅 典 转 衍 犬 选 冕 辇 免 展 茧
辩 辨 篆 勉 剪 卷 显 践 饯 昄 喘 藓 软 蹇
謇 演 岘 栈 舛 扁 阉 谳 阐 兖 娈 跣 鲜 戬
辫 件 汻 町 褊 珍 酿 勉 缅 涵 恤 燹

十七 筱

筱 小 表 鸟 了 晓 少 扰 绕 娆 绍 杪 秒 沼
眇 矫 蓼 皎 瞭 杳 窈 袅 窕 掉 肇 嫖 僄 渺
缈 藐 淼 悄 缭 僚 趙 兆

十八 巧

巧 饱 卯 鼎 狡 爪 搅 绞 拗 炒

十九 皓

皓 宝 藻 早 枣 老 好 道 稻 造 脑 恼 岛 倒
捣 抱 讨 考 燥 扫 嫂 槁 潦 保 葆 堡 裸 鸨
藁 草 皞 昊 颢 镐 懆 缲 澡 灏 媪 杲 缟 燠

二十 哿

哿 火 舸 觯 舵 沱 我 娜 荷 可 坷 左 果 裹
锁 琐 堕 垛 朵 惰 妥 坐 裸 蓏 跛 簸 颇 叵
祸 夥 颗

二十一 马

马 下 者 野 雅 瓦 寡 社 写 泻 夏 冶 也 把
贾 假 赭 厦 惹 若 姐 哑 灺 且

二十二 养

养 痒 鞅 怏 像 象 仰 朗 奖 桨 敞 昶 氅 枉
颡 强 沆 荡 冈 昉 仿 两 纲 帑 说 傥 曩 杖
响 掌 党 想 榜 爽 广 享 丈 仗 幌 晃 莽 漭 慷
纺 蒋 攘 盎 脏 长 上 网 壤 赏 往 滉 厂
向

二十三 梗

梗 影 景 井 岭 领 境 警 请 屏 饼 永 骋 逞
颖 颍 顷 整 静 省 幸 告 颈 郢 猛 炳 杏 丙
哽 绠 秉 鲠 耿 憬 皿 冋 冷 靖

二十四 迥

迥 炯 茗 挺 梃 艇 町 酊 到 并 等 鼎 顶 肯
拯

二十五 有

有 酒 首 手 口 后 柳 友 妇 斗 狗 久 负 厚
叟 走 守 否 丑 受 牖 偶 耦 阜 九 咎 吼 寻
垢 亩 舅 纽 藕 朽 臼 肘 韭 剖 诱 牡 缶 酉
瓿 黝 钮 蒌 苟 某 玖 纠 绺 陡

二十六 寝

寝 饮 锦 品 枕 审 甚 廪 衽 饪 稔 禀 凛 懔
沈 谂 朕 荏 婶

二十七 感

感 览 揽 胆 澹 埳 坎 惨 敢 颔 暗 荅 撼 菡
喊

二十八 俭

俭 埳 焰 敛 险 检 脸 染 掩 点 簟 贬 冉 苒
陕 谄 奄 玷 忝 澰 闪 歉

二十九 豏

豏 槛 范 减 舰 犯 湛 斩 黯

[去声]

一 送

送 梦 凤 洞 众 瓮 弄 贡 冻 痛 栋 仲 中 粽
讽 恸 空 哄 哄 瞢

二 宋

宋 重 用 颂 诵 统 纵 讼 种 俸 共 从

三 绛

绛 降 憧 幢 虹 巷

四 寘

寘	置	事	地	意	志	治	思	泪	吏	赐	字	义	利
器	位	戏	至	次	累	伪	寺	瑞	智	记	异	致	备
肆	翠	骑	使	试	类	弃	饵	媚	鼻	易	馶	坠	醉
议	翅	避	帜	粹	侍	谊	寄	睡	忌	贰	萃	穗	贰
陂	臂	嗣	遂	恣	四	骥	季	刺	駉	泗	识	痣	寐
魅	邃	燧	隧	炽	饲	被	荠	悸	觊	冀	暨	洎	愧
匮	馈	篑	恚	比	庇	畀	莉	秘	鸷	挚	踬	渍	稚
崇	示	伺	嗜	自	苨	剓	譬	愇	甞	縋			

五 未

未	味	气	贵	费	尉	畏	慰	蔚	魏	纬	胃	渭	汇
谓	讳	卉	毅	既	芾	怫	翡						

六 御

御	处	去	虑	署	据	驭	曙	助	絮	著	豫	澍	箸
恕	与	遽	庶	咀	预	倨	踞	沮	瘀	觑			

七　遇

遇　路　赂　露　鹭　树　度　渡　赋　布　步　固　锢　素
具　数　务　雾　鹜　鸳　附　兔　故　顾　雇　句　墓　暮
慕　募　注　驻　祚　裕　误　悟　寤　晤　住　戍　库　护
诉　蠹　妒　惧　娶　孺　铸　傅　怖　姬　哺　捕　汗　忤
措　醋　仆　赴　互　　　　　寓　屡　塑　捂　讣

八　霁

霁　制　计　势　丽　岁　卫　济　第　艺　惠　慧　币
桂　滞　际　厉　涕　毙　帝　蔽　敝　髻　锐　戾　袂
系　隶　闭　逝　缀　翳　替　砌　细　例　誓　筮　蕙
诣　砺　励　瘗　噬　继　脆　谛　睿　剂　曳　蒂　憩
睨　贳　枻　裼　弟　赘　俪　锐　毳　　　　蒂

九　泰

泰　会　带　外　盖　大　旆　濑　赖　籁　蔡　害　最　贝
霭　荟　蔼　艾　兑　奈　绘　桧　脍　会　侩　太　汏　癞
霈　蜕　狈　　　　　　　　　　　　　　

十　卦

卦　挂　懈　廨　隘　卖　画　派　债　怪　坏　诫　戒　界

介 芥 械 薤 拜 快 迈 话 败 稗 晒 瘵 届 疥
澨 湃 聩 惫 哙 蚕 解

十一 队

队 内 爱 辈 佩 代 退 载 碎 态 背 秽 菜 对
废 海 晦 昧 碍 戴 贷 配 妹 喙 溃 黛 赍 吠
逮 岱 埭 肺 溉 耒 慨 忾 块 缋 耐 悖 暧 淬
愦 砶 焙 在 再

十二 震

震 信 印 进 润 阵 镇 刃 顺 慎 鬓 晋 骏 闰
峻 莘 振 俊 舜 吝 烬 讯 胤 刅 殡 迅 瞬 榇
馑 徇 殉 赈 觐 傧 仅 认 瑾 趁

十三 问

问 运 晕 韵 奋 忿 酝 郡 分 紊 汶 靳 近 缊

十四 愿

愿 怨 恨 万 献 健 寸 困 顿 逐 建 宪 劝 蔓
券 钝 闷 逊 嫩 贩 溷 远 曼 艮 褪

十五 翰

翰 岸 汉 难 断 乱 散 畔 旦 算 玩 烂 贯 半
案 按 炭 汗 赞 漫 冠 灌 窜 幔 粲 换 焕 唤
悍 扞 弹 惮 段 判 叛 腕 绊 惋 锻 瀚 象

十六 谏

谏 雁 患 涧 间 宦 慢 办 盼 豢 惯 串 绽 幻
讪 瓣 篡 扮

十七 霰

霰 殿 面 县 变 箭 战 扇 煽 膳 传 见 砚 院
练 炼 燕 宴 贱 电 荐 绢 彦 掾 甸 便 眷 线
倦 羡 奠 遍 恋 啭 眩 钏 蒨 倩 汴 弁 拼 怵
片 谴 绚 谚 擅 颤 佃 钿 淀 缮 旋 茜 楝

十八 啸

啸 笑 照 庙 窍 妙 诏 召 劭 要 曜 耀 调 钓
吊 少 眺 料 肖 剽 骠 哨

十九 效

效 教 貌 校 孝 闹 淖 豹 爆 罩 拗 窖 酵 効
较 炮 棹

二十 号

号 帽 报 导 盗 噪 灶 奥 懊 告 浩 暴 好 到
蹈 傲 耄 躁 漕 造 冒 悼 懊 澳 犒 靠

二十一 个

个 贺 佐 作 驮 大 饿 过 和 挫 课 唾 播 磨
座 破 卧 货 涴

二十二 祃

祃 驾 夜 下 谢 榭 罢 夏 暇 霸 嫁 赦 借 藉
炙 蔗 化 舍 价 骂 稼 架 诈 亚 罅 跨 麝 咤
帕 怕 讶 诧 迓 蜡 柘 卸 乍

二十三 漾

漾 上 望 相 将 状 帐 浪 唱 让 旷 壮 放 仗
畅 量 葬 匠 障 谤 尚 涨 饷 样 藏 舫 访 贶
酱 抗 当 酿 亢 况 脏 瘴 矿 谅 亮 妄 怆 丧

怅 圹 宕 伉 傍 恙 吭 炕 创

二十四 敬

敬 命 正 令 政 性 镜 圣 咏 姓 映 病 柄 劲
竞 净 竟 聘 胼 泳 请 硬 证

二十五 径

径 定 听 磬 应 乘 媵 赠 佞 秤 馨 甑 孕 兴
锭 钉 剩 亘

二十六 宥

宥 候 堠 就 授 售 秀 绣 奏 富 兽 斗 漏 陋
守 狩 昼 寇 茂 旧 胄 宙 袖 岫 救 厩 臭 幼
佑 祐 右 侑 囿 豆 窦 逗 构 媾 觏 购 透 瘦
漱 呪 贸 鹫 走 诟 究 凑 谬 缪 簉 疚 枢 骤
首 皱 袤 又 逅 蔻

二十七 沁

沁 饮 禁 任 荫 谶 鸩 枕 衽 赁

二十八 勘

勘 暗 啥 憾 缆 瞰 暂 淡 淦

二十九 艳

艳 剑 念 验 赡 店 占 敛 滟 潋 垫 欠 椠 僭
酽 俺

三十 陷

陷 鉴 监 汛 梵 帆 忏 赚 蘸 站

[入声]

一 屋

屋 木 竹 目 服 福 禄 谷 熟 肉 族 鹿 腹 菊
陆 轴 逐 牧 伏 宿 读 犊 渎 縠 粥 肃 育 六
缩 哭 幅 斛 戮 仆 畜 蓄 叔 淑 菽 独 卜 馥
沐 速 祝 麓 镞 蹙 筑 穆 睦 啄 覆 曲 秃 毂
扑 鬻 辐 瀑 竺 簇 暴 掬 鞠 郁 蠹 簏 蓿 塾
朴 蹴 碌 毓 舳 昱 夙 匐 觫 孰

二 沃

沃 俗 玉 足 曲 粟 烛 属 录 篆 辱 狱 绿 毒
局 欲 束 鹄 蜀 促 触 续 督 赎 笃 浴 酷 溽
瞩 躅 浯 躞 醁

三 觉

觉 角 珏 权 岳 乐 捉 朔 卓 诼 琢 剥 驳 邈
朴 璞 确 浊 攉 幄 握 渥 搦 荦 学

四 质

质 日 笔 出 室 实 疾 术 一 乙 壹 吉 秩 密
率 律 逸 佚 失 漆 栗 毕 怈 蜜 橘 溢 瑟 膝
匹 慄 黜 跸 弼 七 叱 卒 悉 谧 轶 诘 帙 戌
栉 曤 窒 必 侄 芯 蟀 嫉 唧 篥 桎 苗 溧 泊
尼 拮

五 物

物 佛 拂 屈 郁 乞 掘 讫 吃 绂 黻 弗 被 勿
熨 厥 迄 屹 倔

六 月

月 骨 发 阙 越 谒 没 伐 罚 卒 竭 窟 笏 钺
歇 突 忽 袜 勃 蹶 鹘 筏 蕨 掘 阀 讷 殁 粤
悖 兀 碣 猝 羯 咄 惚 渤 凸 滑 矻 核 饽 圪
曰 讦

七 曷

曷 达 末 活 钵 脱 夺 褐 割 沫 拔 葛 阏 萨
掇 喝 跋 獭 撮 怛 剌 铍 泼 斡 挦

八 黠

黠 札 猾 八 察 杀 刹 轧 戛 秸 嘎 瞎 刮 刷

九 屑

屑 节 雪 绝 列 烈 结 穴 说 血 舌 洁 别 缺
裂 热 决 铁 灭 折 拙 切 悦 辙 诀 泄 咽 噎
杰 彻 别 哲 设 啮 劣 掣 玦 截 窃 缬 缀 阅
瞥 臬 鴂 抉 挈 冽 楔 襒 捏 契 涅 颉 擷 撒
跌 蔑 浙 泬 揭 子 孽 阕 薛 继 偈 蘖

十 药

药 薄 恶 略 作 乐 落 阁 鹤 爵 弱 约 脚 雀
幕 壑 洛 索 郭 博 错 若 缚 酌 托 削 铎 灼
凿 却 钥 著 虐 掠 获 泊 搏 藿 绰 莫 箬 铄
谔 恪 箔 鹗 膜 粕 拓 昨 柝 斫 摸 珞 垩 寞
魄 攉 噩 各

十一 陌

陌 石 客 白 泽 伯 迹 宅 席 策 碧 籍 格 役
帛 戟 璧 驿 麦 额 柏 魄 积 脉 夕 液 册 尺
隙 逆 百 辟 赤 易 革 脊 翮 屐 适 帻 剧 厄
碛 隔 益 窄 舃 掷 责 惜 僻 癖 掖 腋 释 舶
拍 择 绎 怿 斥 奕 迫 疫 译 昔 瘠 赫 炙 谪
奭 亦 只 珀 啧 帼 擘 汐 摭 苩

十二 锡

锡 壁 历 击 绩 笛 敌 滴 镝 檄 激 寂 觋 逖
析 晳 溺 觅 摘 狄 获 幂 鹢 戚 涤 的 沥 雳
惕 踢 鬲 适 嫡 阒 迪 浙 倜

十三 职

职 国 德 食 蚀 色 力 翼 墨 极 息 直 得 北
黑 侧 饰 贼 刻 则 塞 式 轼 域 殖 植 饬 棘
惑 默 织 匿 亿 臆 忆 特 勒 劾 愿 昃 仄 稷
识 逼 克 即 弋 陟 测 抑 恻 亟 殛 忒 洫 穑
啬 或 翌

十四 缉

缉 辑 戢 立 集 邑 急 入 泣 湿 习 给 十 拾
什 袭 及 级 涩 粒 揖 汁 笈 蛰 笠 执 汲 吸
葺 褶 浥 熠 挹 悒

十五 合

合 塔 答 纳 榻 阖 杂 腊 蜡 匝 阖 蛤 衲 鸽
踏 飒 搨 拉 遝 搭 盍 欱

十六 叶

叶 帖 贴 牒 接 猎 妾 蝶 叠 箧 涉 捷 颊 揲
摄 蹑 谍 堞 协 侠 荚 厌 惬 睫 浃 慑 蹀 挟
屧 喋 箑 镊 餍 折 辄 捻 婕 霎

十七 洽

洽 狭 峡 法 甲 郏 匣 压 鸭 乏 怯 劫 胁
插 押 狎 袷 掐 恰 眨 呷 霎 劄

编者按：汉字中有不少的多音多义字。为避免读者混淆，对归入不同韵部的多音多义字略作删节。读者若需了解详尽的诗韵分部，请翻阅《佩文诗韵》。

笠翁对韵

明代崔铣的《声律启蒙》三卷是依南宋"平水韵"韵部编制的对联,以供初学声律者使用。清代以来坊间刻印的《绘图千家诗注释》附有《笠翁对韵》两卷,为明末清初戏曲家李渔撰制,甚为流行。《笠翁对韵》是与《声律启蒙》同类之著,初学诗词者熟读后有助于学习诗韵和对偶。

《笠翁对韵》上卷

一 东

天对地 雨对风 大陆对长空 山花对海树 赤日对苍穹 雷隐隐 雾蒙蒙 日下对天中 风高秋月白 雨霁晚霞红 牛女二星河左右 参商两曜斗西东 十月塞边 飒飒寒霜惊戍旅 三冬江上 漫漫朔雪冷渔翁

其 二

河对汉　绿对红　雨伯对雷公　烟楼对雪洞　月殿对天宫　云叆叇　日曈曚　蜡屐对渔篷　过天星似箭　吐魄月如弓　驿旅客逢梅子雨　池亭人挹藕花风　茅店村前　皓月坠林鸡唱韵　板桥路上　青霜锁道马行踪

其 三

山对海　华对嵩　四岳对三公　宫花对禁柳　塞雁对江龙　清暑殿　广寒宫　拾翠对题红　庄周梦化蝶　吕望兆飞熊　北牖当风停夏扇　南帘曝日省冬烘　鹤舞楼头　玉笛弄残仙子月　凤翔台上　紫箫吹断美人风

二 冬

晨对午　夏对冬　下饷对高舂　青春对白昼　古柏对苍松　垂钓客　荷锄翁　仙鹤对神龙　凤冠珠闪烁　螭带玉玲珑　三元及第才千顷　一品当朝禄万钟　花萼楼间　仙李盘根调国脉　沉香亭畔　娇杨擅宠起边风

其 二

清对淡　薄对浓　暮鼓对晨钟　山茶对石菊　烟锁对云封　金菡萏　玉芙蓉　绿绮对青锋　早汤先宿酒　晚食继朝

饕　唐库金钱能化蝶　延津宝剑会成龙　巫峡浪传　云雨荒唐神女庙　岱宗遥望　儿孙罗列丈人峰

其三

繁对简　叠对重　意懒对心慵　仙翁对释伴　道范对儒宗　花灼灼　草茸茸　浪蝶对狂蜂　数竿君子竹　五树大夫松　高皇灭项凭三杰　虞帝承尧殛四凶　内苑佳人　满地风光愁不尽　边关过客　连天烟草憾无穷

三江

奇对偶　只对双　大海对长江　金盘对玉盏　宝烛对银釭　朱漆槛　碧纱窗　舞调对歌腔　兴汉推马武　谏夏著龙逄　四收列国群王伏　三筑高城众敌降　跨凤登台　潇洒仙姬秦弄玉　斩蛇当道　英雄天子汉刘邦

其二

颜对貌　像对庞　步辇对徒杠　停针对搁笔　意懒对心降　灯闪闪　月幢幢　揽辔对飞艭　柳堤驰骏马　花院吠村龙　酒晕微酡琼杏颊　香尘浅印玉莲双　诗写丹枫　韩女幽怀流御水　泪弹斑竹　舜妃遗憾积湘江

四 支

　　泉对石　干对枝　吹竹对弹丝　山亭对水榭　鹦鹉对鸬鹚　五色笔　十香词　泼墨对传卮　神奇韩干画　雄浑李陵诗　几处花街新夺锦　有人香径淡凝脂　万里烽烟　战士边头争保塞　一犁膏雨　农夫村外尽乘时

其 二

　　苴对醢　赋对诗　点漆对描脂　璠簪对珠履　剑客对琴师　沽酒价　买山资　国色对仙姿　晚霞明似锦　春雨细如丝　柳绊长堤千万树　花横野寺两三枝　紫盖黄旗　天象预占江左地　青袍白马　童谣终应寿阳儿

其 三

　　箴对赞　缶对卮　萤焰对蚕丝　轻裾对长袖　瑞草对灵芝　流涕策　断肠诗　喉舌对腰肢　云中熊虎将　天上凤麟儿　禹庙千年垂橘柚　尧阶三尺覆茅茨　湘竹含烟　腰下轻纱笼玳瑁　海棠经雨　脸边清泪湿胭脂

其 四

　　争对让　望对思　野葛对山栀　仙风对道骨　天造对人为　专诸剑　博浪椎　经纬对干支　位尊民物主　德重帝王

师　望切不妨人去远　心忙无奈马行迟　金屋闭来　赋乞茂陵题柱笔　玉楼成后　记须昌谷负囊词

五　微

　　贤对圣　是对非　觉奥对参微　鱼书对雁字　草舍对柴扉　鸡晓唱　雉朝飞　红瘦对绿肥　举杯邀月饮　骑马踏花归　黄盖能成赤壁捷　陈平善解白登危　太白书堂　瀑泉垂地三千丈　孔明祀庙　老柏参天四十围

其　二

　　戈对甲　幄对帷　荡荡对巍巍　严滩对邵囿　靖菊对夷薇　占鸿渐　采凤飞　虎榜对龙旗　心中罗锦绣　口内吐珠玑　宽宏豁达高皇量　叱咤喑哑霸王威　灭项兴刘　狡兔尽时走狗死　连吴拒魏　貔貅屯处卧龙归

其　三

　　衰对盛　密对稀　祭服对朝衣　鸡窗对雁塔　秋榜对春闱　乌衣巷　燕子矶　久别对初归　天姿真窈窕　圣德实光辉　蟠桃紫阙来金母　岭荔红尘进玉妃　灞上军营　亚父丹心撞玉斗　长安酒市　谪仙狂兴典银龟

六　鱼

　　羹对饭　柳对榆　短袖对长裙　鸡冠对凤尾　芍药对芙蕖　周有若　汉相如　王屋对匡庐　月明山寺远　风细水亭虚　壮士腰间三尺剑　男儿腹内五车书　疏影暗香　和靖孤山梅蕊放　轻阴清昼　渊明旧宅柳条舒

其　二

　　吾对汝　尔对余　选授对升除　书箱对药柜　耒耜对耰锄　参虽鲁　回不愚　阀阅对闾阎　诸侯千乘国　命妇七香车　穿云采药闻仙犬　踏雪寻梅策蹇驴　玉兔金乌　二气精灵为日月　洛龟河马　五行生克在图书

其　三

　　欹对正　密对疏　囊橐对苞苴　罗浮对壶峤　水曲对山纡　骖鹤驾　待鸾舆　桀溺对长沮　搏虎卞庄子　当熊冯婕妤　南阳高士吟梁父　西蜀才人赋子虚　三径风光　白石黄花供杖履　五湖烟景　青山绿水任樵渔

七　虞

　　红对白　有对无　布谷对提壶　毛锥对羽扇　天阙对皇都　谢蝴蝶　郑鹧鸪　蹈海对归湖　花肥春雨润　竹瘦晚风

疏　麦饭豆糜终创汉　莼羹鲈脍竟归吴　琴调轻弹　杨柳月中潜去听　酒旗斜挂　杏花村里共来沽

其　二

　　罗对绮　茗对蔬　柏秀对松枯　中元对上巳　返璧对还珠　云梦泽　洞庭湖　玉烛对冰壶　苍头犀角带　绿鬓象牙梳　松阴白鹤声相应　镜里青鸾影不孤　竹户半开　对牖不知人在否　柴门深闭　停车还有客来无

其　三

　　宾对主　婢对奴　宝鸭对金凫　升堂对入室　鼓瑟对投壶　觇合璧　颂联珠　提瓮对当垆　仰高红日近　望远白云孤　歆向秘书窥二酉　机云芳誉动三吴　祖饯三杯　老去常斟花下酒　荒田五亩　归来独荷月中锄

其　四

　　君对父　魏对吴　北岳对西湖　菜蔬对茶荈　苣藤对菖蒲　梅花数　竹叶符　廷议对山呼　两都班固赋　八阵孔明图　田庆紫荆堂下茂　王裒青柏墓前枯　出塞中郎　羝有乳时归汉室　质秦太子　马生角日返燕都

八 齐

鸾对凤　犬对鸡　塞北对关西　长生对益智　老幼对旄倪　颁竹策　剪桐圭　剥枣对蒸梨　绵腰如弱柳　嫩手似柔荑　狡兔能穿三穴隐　鹪鹩权借一枝栖　甪里先生　策杖垂绅扶少主　於陵仲子　辟纑织履赖贤妻

其 二

鸣对吠　泛对栖　燕语对莺啼　珊瑚对玛瑙　琥珀对玻璃　绛县老　伯州犁　测蠡对燃犀　榆槐堪作荫　桃李自成蹊　投巫救女西门豹　赁浣逢妻百里奚　阙里门墙　陋巷规模原不陋　隋堤基址　迷楼踪迹亦全迷

其 三

越对赵　楚对齐　柳岸对桃溪　纱窗对绣户　画阁对香闺　修月斧　上天梯　蟏蛸对虹霓　行乐游春圃　工谀病夏畦　李广不封空射虎　魏明得立为存麑　按辔徐行　细柳功成劳王敬　闻声稍卧　临泾名震止儿啼

九 佳

门对户　陌对街　枝叶对根荄　斗鸡对挥麈　凤髻对鸾钗　登楚岫　渡秦淮　子犯对夫差　石鼎龙头缩　银筝雁翅

排　百年诗礼延余庆　万里风云入壮怀　莫辨名伦　死矣野哉悲季路　不由径窦　生乎愚也有高柴

其　二

冠对履　袜对鞋　海角对天涯　鸡人对虎旅　六市对三阶　陈俎豆　戏堆埋　皎皎对皑皑　贤相聚东阁　良朋集小斋　梦里山川书越绝　枕边风月记齐谐　三径萧疏　彭泽高风怡五柳　六朝华贵　琅琊佳气毓三槐

其　三

勤对俭　巧对乖　水榭对山斋　冰桃对雪藕　漏箭对更牌　寒翠袖　贵荆钗　慷慨对诙谐　竹径风声籁　花蹊月影筛　携囊佳韵随时贮　荷锄沉酣到处埋　江海孤踪　云浪风涛惊旅梦　乡关万里　烟峦云树切归怀

其　四

杞对梓　桧对楷　水泊对山崖　舞裙对歌袖　玉陛对瑶阶　风入袂　月盈怀　虎儿对狼豺　马融堂上帐　羊侃水中斋　北面黉宫宜拾芥　东巡岱畤定燔柴　锦缆春江　横笛洞箫通碧落　华灯夜月　遗簪堕翠遍香街

十　灰

春对夏　喜对哀　大手对长才　风清对月朗　地阔对天开　游阆苑　醉蓬莱　七政对三台　青龙壶老杖　白燕玉人钗　香风十里望仙阁　明月一天思子台　玉橘冰桃　王母几因求道降　莲舟藜杖　真人原为读书来

其　二

朝对暮　去对来　庶矣对康哉　马肝对鸡肋　杏眼对桃腮　佳兴适　好怀开　朔雪对春雷　云移鸦鹊观　日晒凤凰台　河边淑气迎芳草　林下轻风待落梅　柳媚花明　燕语莺声浑是笑　松号柏舞　猿啼鹤唳总成哀

其　三

忠对信　博对赅　忖度对疑猜　香消对烛暗　鹊喜对蛩哀　金花报　玉镜台　倒羿对衔杯　岩巅横老树　石磴覆苍苔　雪满山中高士卧　月明林下美人来　绿柳沿堤　皆因苏子来时种　碧桃满观　尽是刘郎去后栽

十一　真

莲对菊　凤对麟　浊富对清贫　渔庄对佛舍　松盖对花茵　萝月叟　葛天民　国宝对家珍　草迎金埒马　花醉玉楼

人　巢燕三春尝唤友　塞鸿八月始来宾　古往今来　谁见泰山曾作砺　天长地久　人传沧海几扬尘

其　二

兄对弟　吏对民　父子对君臣　勾丁对补甲　赴卯对同寅　折桂客　簪花人　四皓对三仁　王乔云外舄　郭泰雨中巾　人交好友求三益　士有贤妻备五伦　文教南宣　武帝平蛮开百越　义旗西指　韩侯扶汉卷三秦

其　三

申对午　侃对訚　阿魏对茵陈　楚兰对湘芷　碧柳对青筠　花馥馥　叶蓁蓁　粉颈对朱唇　曹公奸似鬼　尧帝智如神　南阮才郎差北富　东邻丑女效西颦　色艳北堂　草号忘忧忧甚事　香浓南国　花名含笑笑何人

十二　文

忧对喜　戚对欣　二典对三坟　佛经对仙语　夏耨对春耘　烹早韭　剪春芹　暮雨对朝云　竹间斜白接　花下醉红裙　掌握灵符五岳篆　腰悬宝剑七星纹　金锁未开　上相趋听宫漏永　珠帘半卷　群僚仰对御炉熏

其 二

词对赋　懒对勤　类聚对群分　鸾箫对凤笛　带草对香芸　燕许笔　韩柳文　旧话对新闻　赫赫周南仲　翩翩晋右军　六国说成苏子贵　两京收复郭公勋　汉阙陈书　侃侃忠言推贾谊　唐廷对策　岩岩直谏有刘蒉

其 三

言对笑　绩对勋　鹿豕对羊羵　星冠对月扇　把袂对书裙　汤事葛　说兴殷　萝月对松云　西池青鸟使　北塞黑鸦军　文武成康为一代　魏吴蜀汉定三分　桂苑秋宵　明月三杯邀曲客　松亭夏日　薰风一曲奏桐君

十三　元

卑对长　季对昆　永巷对长门　山亭对水阁　旅舍对军屯　杨子渡　谢公墩　德重对年尊　承乾对出震　叠坎对重坤　志士报君思犬马　仁王养老察鸡豚　远水平沙　有客泛舟桃叶渡　斜风细雨　何人携榼杏花村

其 二

君对相　祖对孙　夕照对朝曛　兰台对桂殿　海岛对山村　碑堕泪　赋招魂　报怨对怀恩　陵埋金吐气　田种玉生

根　相府珠帘垂白昼　边城画角动黄昏　枫叶半山　秋去烟霞堪倚杖　梨花满地　夜来风雨不开门

十四　寒

家对国　治对安　地主对天官　坎男对离女　周诰对殷盘　三三暖　九九寒　杜撰对包弹　古壁蛩声匝　闲亭鹤影单　燕出帘边春寂寂　莺闻枕上漏珊珊　池柳烟飘　日夕郎归青锁闼　砌花雨过　月明人倚玉栏干

其　二

肥对瘦　窄对宽　黄犬对青鸾　指环对腰带　洗钵对投竿　诛佞剑　进贤冠　画栋对雕栏　双垂白玉箸　九转紫金丹　陕右棠高怀召伯　河南花满忆潘安　陌上芳春　弱柳当风披彩线　池中清晓　碧荷承露捧珠盘

其　三

行对卧　听对看　鹿洞对鱼滩　蛟腾对豹变　虎踞对龙蟠　风凛凛　雪漫漫　手辣对心酸　莺莺对燕燕　小小对端端　蓝水远从千涧落　玉山高并两峰寒　至圣不凡　嬉戏六龄陈俎豆　老莱大孝　承欢七秩舞斑斓

十五 删

林对坞　岭对峦　昼永对春闲　谋深对望重　任大对投艰　裙袅袅　佩珊珊　守塞对当关　密云千里合　新月一钩弯　叔宝君臣皆纵逸　重华父母是嚚顽　名动帝畿　西蜀三苏来日下　壮游京洛　东吴二陆起云间

其 二

临对仿　吝对悭　讨逆对平蛮　忠肝对义胆　雾鬓对云鬟　埋笔冢　烂柯山　月貌对天颜　龙潜终得跃　鸟倦亦知还　陇树飞来鹦鹉绿　池筠密处鹧鸪斑　秋露横江　苏子月明游赤壁　冻云迷岭　韩公雪拥过蓝关

《笠翁对韵》下卷

一 先

寒对暑　日对年　蹴鞠对秋千　丹山对碧水　淡雨对罩烟　歌宛转　貌婵娟　雪赋对云笺　荒芦栖南雁　疏柳噪秋蝉　洗耳尚逢高士笑　折腰肯受小儿怜　郭泰泛舟　折角半垂梅子雨　山涛骑马　接䍦倒着杏花天

其 二

轻对重　肥对坚　碧玉对青钱　郊寒对岛瘦　酒圣对诗仙　依玉树　步金莲　凿井对耕田　杜甫清宵立　边韶白昼眠　豪饮客吞波底月　酣游人醉水中天　斗草青郊　几行宝马嘶金勒　看花紫陌　千里香车拥翠钿

其 三

吟对咏　授对传　乐矣对凄然　风鹏对雪雁　董杏对周莲　春九十　岁三千　钟鼓对管弦　入山逢宰相　无事即神仙　霞映武陵桃淡淡　烟荒隋堤柳绵绵　七碗月团　啜罢清风生腋下　三杯云液　饮余红雨晕腮边

其 四

中对外　后对先　树下对花前　玉柱对金屋　叠嶂对平川　孙子策　祖生鞭　盛席对华筵　解醉知茶力　消愁识酒权　丝剪芰荷开冻沼　锦妆凫雁泛温泉　帝女衔石　海中遗魄为精卫　蜀王叫月　枝上游魂化杜鹃

二 萧

琴对管　釜对瓢　水怪对花妖　秋声对春色　白缣对红绡　臣五代　事三朝　斗柄对弓腰　醉客歌金缕　佳人品玉

箫　风定落花闲不扫　霜余残叶湿难烧　千载兴周　尚父一竿投渭水　百年霸越　钱王万弩射江潮

其　二

荣对悴　夕对朝　露地对云霄　商彝对周鼎　殷濩对虞韶　樊素口　小蛮腰　六诏对三苗　朝天车奕奕　出塞马萧萧　公子幽兰重泛舸　玉孙芳草正联镳　潘岳高怀　曾向秋天吟蟋蟀　王维清兴　尝于雪夜画芭蕉

其　三

耕对读　牧对樵　琥珀对琼瑶　兔毫对鸿爪　桂楫对兰桡　鱼潜藻　鹿藏蕉　水远对山遥　湘灵能鼓瑟　嬴女解吹箫　雪点寒梅横小院　风吹弱柳覆平桥　月牖通宵　绛蜡罢时光不减　风帘当昼　雕盘停后篆难消

三　肴

诗对礼　卦对爻　燕引对莺调　晨钟对暮鼓　野馔对山肴　雉方乳　鹊始巢　猛虎对神獒　疏星浮荇叶　皓月上松梢　为邦自古推瑚琏　从政于今愧斗筲　管鲍相知　能交忘形胶漆友　蔺廉有隙　终为刎颈死生交

其 二

歌对舞　笑对嘲　耳语对神交　焉乌对亥豕　獭髓对鸾胶　宜久敬　莫轻抛　一气对同胞　祭遵甘布被　张禄念绨袍　花径风来逢客访　柴扉月到有僧敲　夜雨园中　一颗不雕王子柰　秋风江上　三重曾卷杜公茅

其 三

衙对舍　廪对庖　玉磬对金铙　竹林对梅岭　起凤对腾蛟　鲛绡帐　兽锦袍　露果对风梢　扬州输橘柚　荆土贡菁茅　断蛇埋地称孙叔　渡蚁作桥识宋郊　好梦难成　蛩响阶前偏唧唧　良朋远到　鸡声窗外正胶胶

四 豪

茭对茨　荻对蒿　山麓对江皋　莺簧对蝶板　麦浪对松涛　骐骥足　凤凰毛　美誉对嘉褒　文人窥蠹简　学士书兔毫　马援南征载薏苡　张骞西使进葡萄　辩口悬河　万语千言常亹亹　词源倒峡　连篇累牍自滔滔

其 二

梅对杏　李对桃　械朴对旌旄　酒仙对诗史　德泽对恩膏　悬一榻　梦三刀　拙逸对贵劳　玉堂花烛绕　金殿月轮

高　孤山看鹤盘云下　蜀道闻猿向月号　万事从人　有花有酒应自乐　百年皆客　一丘一壑尽吾豪

其　三

　　台对省　署对曹　分袂对同袍　鸣琴对击剑　返辙对回艚　良借箸　操提刀　香茗对醇醪　滴泉归海大　篑土积山高　石室客来煎雀舌　画堂宾至饮羊羔　被谪贾生　湘水凄凉吟鹏鸟　遭谗屈子　江潭憔悴著离骚

五　歌

　　微对巨　少对多　直干对平柯　蜂媒对蝶使　雨笠对烟蓑　眉淡扫　面微酡　妙舞对清歌　轻衫裁夏葛　薄袂剪春罗　将相兼行唐李靖　霸王杂用汉萧何　月本阴精　岂有羿妻曾窃药　星为夜宿　浪传织女漫投梭

其　二

　　慈对善　虐对苛　缥缈对婆娑　长杨对细柳　嫩蕊对寒莎　追风马　挽日戈　玉液对金波　紫诏衔丹凤　黄庭换白鹅　画阁江城梅作调　兰舟野渡竹为歌　门外雪飞　错认空中飘柳絮　岩边瀑响　误疑天半落银河

其 三

松对竹　荇对荷　薜荔对藤萝　梯云对步月　樵唱对渔歌　升鼎雉　听经鹅　北海对东坡　吴郎哀废宅　邵子乐行窝　丽水良金皆待冶　昆山美玉总须磨　雨过皇州　琉璃色灿华清瓦　风来帝苑　荷芰香飘太液波

其 四

笼对槛　巢对窝　及第对登科　冰清对玉润　地利对人和　韩擒虎　荣驾鹅　青女对素娥　破头朱泚笏　折齿谢鲲梭　留客酒杯应恨少　动人诗句不须多　绿野凝烟　但听村前双牧笛　沧江积雪　惟看滩上一渔蓑

六 麻

清对浊　美对嘉　鄙吝对矜夸　花须对柳眼　屋角对檐牙　志和宅　博望槎　秋实对春华　乾炉烹白雪　坤鼎炼丹砂　深宵望冷沙场月　边塞听残野戍笳　满院松风　钟声隐隐为僧舍　半窗花月　锡影依依是道家

其 二

雷对电　雾对霞　蚁阵对蜂衙　寄梅对怀橘　酿酒对烹茶　宜男草　益母花　杨柳对蒹葭　班姬辞帝辇　蔡琰泣胡

筇　舞榭歌楼千万尺　竹篱茅舍两三家　珊枕半床　月明时梦飞塞外　银筝一奏　花落处人在天涯

其　三

圆对缺　正对斜　笑语对咨嗟　沈腰对潘鬓　孟笋对卢茶　百舌鸟　两头蛇　帝里对仙家　尧仁敷率土　舜德被流沙　桥上授书曾纳履　壁间题句已笼纱　远塞迢迢　露碛风沙何可极　长沙渺渺　雪涛烟浪信无涯

其　四

疏对密　朴对华　义鹊对慈鸦　鹤群对雁阵　白苎对黄麻　读三到　吟八叉　肃静对喧哗　围棋兼把钓　沉李并浮瓜　羽客片时能煮石　狐禅千劫似蒸沙　党尉粗豪　金帐笼香斟美酒　陶生清逸　银铛融雪啜团茶

七　阳

台对阁　沼对塘　朝雨对夕阳　游人对隐士　谢女对秋娘　三寸舌　九回肠　玉液对琼浆　秦皇照胆镜　徐肇返魂香　青萍夜啸芙蓉匣　黄卷时摊薜荔床　元亨利贞　天地一机成化育　仁义礼智　圣贤千古立纲常

其二

红对白　绿对黄　昼永对更长　龙飞对凤舞　锦缆对牙樯　云弁使　雪衣娘　故国对他乡　雄文能徙鳄　艳曲为求凰　九日高峰惊落帽　暮春曲水喜流觞　僧占名山　云绕茂林藏古殿　客栖胜地　风飘落叶响空廊

其三

衰对壮　弱对强　艳饰对新妆　御龙对司马　破竹对穿杨　读班马　识求羊　水色对山光　仙棋藏绿橘　客枕梦黄粱　池草入诗因有梦　海棠带恨为无香　风起画堂　帘箔影翻青荇沼　月斜金井　辘轳声度碧梧墙

其四

臣对子　帝对王　日月对风霜　乌台对紫府　雪牖对云房　香山社　昼锦堂　蔀屋对岩廊　芬椒涂内壁　文杏饰高梁　贫女幸分东壁影　幽人高卧北窗凉　绣阁探春　丽日半笼青镜色　水亭醉夏　薰风常透碧筒香

八　庚

形对貌　色对声　夏邑对周京　江云对涧树　玉磬对银筝　人老老　我卿卿　晓燕对春莺　玄霜春玉杵　白露贮金

茎　贾客君山秋弄笛　仙人缑岭夜吹笙　帝业独兴　尽道汉高能用将　父书空读　谁言赵括善知兵

其二

功对业　性对情　月上对云行　乘龙对附骥　阆苑对蓬瀛　春秋笔　月旦评　东作对西成　隋珠光照乘　和璧价连城　三箭三人唐将勇　一琴一鹤赵公清　汉帝求贤　诏访严滩逢故旧　宋廷优老　年尊洛社重耆英

其三

昏对旦　晦对明　久雨对新晴　蓼湾对花港　竹友对梅兄　黄石叟　丹丘生　犬吠对鸡鸣　暮山云外断　新水月中平　半榻清风宜午梦　一犁好雨趁春耕　王旦登庸　误我十年迟作相　刘蕡不第　愧他多士早成名

九　青

庚对甲　己对丁　魏阙对彤庭　梅妻对鹤子　珠箔对银屏　鸳浴沼　鹭飞汀　鸿雁对鹡鸰　人间寿者相　天上老人星　八月好修攀桂斧　三春须系护花铃　江阁凭临　一水净连天际碧　石栏闲倚　群山秀向雨余青

其 二

危对乱　泰对宁　纳陛对趋庭　金盘对玉箸　泛梗对浮萍　群玉囿　众芳亭　旧典对新型　骑牛闲读史　牧豕自横经　秋首田中禾颖重　春余园内菜花馨　旅次凄凉　塞月江风皆惨淡　筵前欢笑　燕歌赵舞独娉婷

十　蒸

蘋对蓼　茋对菱　雁弋对鱼罾　齐纨对鲁绮　蜀锦对吴绫　星渐没　日初升　九聘对三征　萧何曾作吏　贾岛昔为僧　贤人视履循规矩　大匠挥斤校准绳　野渡春风　人喜乘潮移酒舫　江天暮雨　客愁隔岸对渔灯

其 二

谈对吐　谓对称　冉闵对颜曾　侯嬴对伯嚭　祖逖对孙登　抛白纻　宴红绫　胜友对良朋　争名如逐鹿　谋利似趋蝇　仁杰姨惭周不仕　王陵母识汉方兴　句写穷愁　浣花寄迹传工部　诗吟变乱　凝碧伤心叹右丞

十一　尤

荣对辱　喜对忧　缱绻对绸缪　吴娃对越女　野马对沙鸥　茶解渴　酒消愁　白眼对苍头　马迁修史记　孔子作春

秋　莘野耕夫闲举耜　磻溪渔父晚垂钩　龙马游河　羲帝因图而画卦　神龟出洛　禹王取法以明畴

其　二

冠对履　舄对裘　院小对庭幽　面墙对膝地　错智对良筹　孤嶂耸　大江流　方泽对圆丘　花潭来越唱　柳屿起吴讴　莺懒燕忙三月雨　蛩催蝉退一天秋　钟子听琴　荒径入林山寂寂　谪仙捉月　洪涛接岸水悠悠

其　三

鱼对鸟　鹈对鸠　翠馆对红楼　七贤对三友　爱日对悲秋　虎类狗　蚁如牛　列辟对诸侯　陈唱临春乐　隋歌清夜游　空中事业麒麟阁　地下文章鹦鹉洲　旷野平原　猎士马蹄轻似箭　斜风细雨　牧童牛背稳如舟

十二　侵

歌对曲　啸对吟　往古对来今　山头对水面　远浦对遥岑　勤三上　惜寸阴　茂树对平林　卞和三献玉　杨震四知金　青皇风暖催芳草　白帝城高急暮砧　绣虎雕龙　才子窗前挥彩笔　描鸾刺凤　佳人帘下度金针

其 二

登对眺　涉对临深　耻三战　乐七擒　瑞雪对甘霖　主欢对民乐　交浅对言深　顾曲对知音　大车行槛槛　驷马骤骎骎　紫电青虹腾剑气　高山流水识琴心　屈子怀君　极浦吟风悲泽畔　王郎忆友　扁舟卧雪访山阴

十三 覃

宫对阙　座对龛　遴杞梓　树楩楠　水北对天南　蜃楼对蚁郡　伟论对高谈　八宝珊瑚枕　双珠玳瑁簪　萧王待士心惟赤　贾岛诗狂　手拟敲门行处想　卢相欺君面独蓝　张颠草圣　头能濡墨写时酣

其 二

闻对见　解对谙　秋七七　径三三　三橘对双柑　黄童对白叟　静女对奇男　海色对山岚　鸾声何哕哕　虎视正眈眈　仪封疆吏知尼父　函谷关人识老聃　江相归池　止水自盟真是止　吴公作宰　贪泉虽饮亦何贪

十四 盐

宽对猛　冷对炎　髯风台谏　肃堂廉　清直对尊严　云头对雨脚　鹤发对龙髯　保泰对鸣谦　五湖归范蠡　三径隐陶

潜　一剑成功堪佩印　百钱满卦便垂帘　浊酒停杯　容我半酣愁际饮　好花傍座　看他微笑悟时拈

其 二

连对断　减对添　淡泊对安恬　回头对极目　水底对山尖　腰袅袅　手纤纤　凤卜对鸾占　开田多种粟　煮海尽成盐　居同九世张公艺　恩给千人范仲淹　箫弄凤来　秦女有缘能跨羽　鼎成龙去　轩臣无计得攀髯

其 三

人对己　爱对嫌　举止对观瞻　四知对三语　义正对辞严　勤雪案　课风檐　漏箭对书笺　文繁归獭祭　体艳别香奁　昨夜题诗更一字　早春来燕卷重帘　诗以史名　愁里悲歌怀杜甫　笔经人索　梦中显晦老江淹

十五　咸

栽对植　薙对芟　二伯对三监　朝臣对国老　职事对官衔　鹿麌麌　兔毚毚　启牍对开缄　绿杨莺睍睆　红杏燕呢喃　半篱白酒娱陶令　一枕黄粱度吕岩　九夏炎飙　长日风亭留客骑　三冬寒冽　漫天雪浪驻征帆

其　二

梧对杞　柏对杉　夏濩对韶咸　洞灂对溱洧　巩洛对崤函　藏书洞　避诏岩　脱俗对超凡　贤人羞献媚　正士嫉工谗　霸越谋臣推少伯　佐唐藩将重浑瑊　邺下狂生　羯鼓三挝羞锦袄　江州司马　琵琶一曲湿青衫

其　三

袍对笏　履对衫　匹马对孤帆　琢磨对雕镂　刻划对镌镵　星北拱　日西衔　卮漏对鼎馋　江边生杜若　海外树都咸　但得恢恢存利刃　何须咄咄达空函　彩凤知音　乐典后夔须九奏　金人守口　圣如尼父亦三缄

下编_词律教程

第一讲　倚声填词与律词

　　词作为中国传统文学体裁形式,兴起于唐代,盛行于两宋,是中国音乐文学和格律诗体之一种。然而它却不同于此前各种配合音乐的文学,也不同于此前的各种诗体,乃是配合唐以来新燕乐的以辞从乐的歌词,而且格律是严密和复杂的。在唐代,词原被称为"曲子",或确切来说,称为"曲子词",即指它是配合乐曲的歌辞。词体文学的基本特征是以词从乐和以调定律,所以词人们创作时通称为"填词"。关于词体的本质特征,唐宋词人们在创作实践中是有真切体会的。唐代诗人刘禹锡谈到依调和友人白居易的《忆江南》词时说:"和乐天春词,依《忆江南》曲拍为句。"《忆江南》是当时新流行的乐曲,词人作此词时是依据乐曲的节拍旋律而谱写词句的,由此形成的句式异于齐言的诗体。词体文学创作所依据的乐曲被称为词调。词盛行于宋代,词人和词学家们对词体的特征有更为具体的体会。北宋时,王安石曾以作

《桂枝香·金陵怀古》知名，但他的词体观念较为守旧，曾说："古之歌者皆先有词，后有声，故曰'诗言志，歌永言，声依永，律和声'，如今先撰腔子后填词，却是'永依声'也。"他理解"声依永"之"声"为音乐，"永"为"咏"乃曲辞。词体之前的所有曲辞或称歌辞，皆是先有辞而配之以音乐的，即"先有词，后有声"。王安石以为曲子词则是先制作乐曲，然后谱写歌辞，"先撰腔子后填词"便失古法了。这从反面说明了曲子词是以词从乐的，故为"填词"，此正是词体区别于古代歌辞的基本性质。音乐理论家陈旸的音乐观念也是很保守的，他考察中国音乐从古代到唐代末年的变化说：

> 古者乐曲辞句有常，或三言四言以制宜，或五言九言以投节，故含章缔思，彬彬可述，辞少则声虚，声以足曲，如相和歌中有"伊夷吾耶"之类为不少矣。唐末俗乐，盛传民间，然篇无定句，句无定字，又间以优杂荒艳之文，闾巷谐隐之事，非如《莫愁》《子夜》尚得论次者也。

他所说的"古者乐曲辞句"是指乐府民歌的辞句，它们虽有三、四、五、九等不同的句式，歌唱时为与音乐和谐而时加上虚声泛声；这是以乐从辞的歌辞，而内容也很雅正。他所说的"唐末俗乐"是指新的流行音乐——燕乐在唐代末年盛行民间，而配合此新音乐的歌辞则每首歌辞没有固定的句式，而每句无固定的字数，其内容则是世俗荒艳之事，不如南朝乐府民歌之情意之含蕴了。这间接表明曲子词是配合新流行音乐的歌辞，因是以词从乐的，故"篇无定句，句无定字"，以调而构成特定的长短句的样式。词人李之仪对词体的性质表述甚为明晰，他说：

> 长短句于遣词中最为难工，自有一种风格，稍不如格，便觉龃龉。唐人但以诗句，而用和声抑扬以就之，若今之歌《阳关》词是也。至唐末遂因其声之长短句而以意填之，始一变以成音律。

唐代新的燕乐流行之后，配合新音乐的歌辞有两种：声诗和曲子词。声诗是乐工或歌妓选用唐代的七言或五言绝句以作歌辞，是先有齐言的辞而勉强配合乐曲，故不甚协调。李之仪称新体曲子词为"长短句"，以为它有独特的"风格"——格律，所以遣词造句最难工致，因它自唐代末年便是依据乐曲之旋律节拍的长短而填谱的，由此构成新的"音律"——声韵之规定的"律"。这将声诗与曲子词比较之后，说明词体具有独特的格律。

南宋初年学者吴曾追溯了中国音乐文学的发展，在古代歌辞和乐府歌辞之后，自隋代新燕乐的兴起至盛唐时期遂出

现了新体的歌辞,他说:

> 周武帝时龟兹琵琶工苏祗婆者始言七均,牛弘、郑译因而演之,八十四调始见萌芽。唐张文收、祖孝孙诗论郊庙之乐,其术于是乎大备。迄于开元、天宝间,君臣相为淫乐,而明皇尤溺于夷音,天下熏然成俗。于时才士始依乐工拍弹之声,被之以辞句,句之长短,各随曲度,而愈失古之"声依永"之理也。

吴曾的音乐观念同王安石一样是很保守的,倾向于恢复传统的古乐,反对源自西域的经华化的新燕乐。然而他对新体歌辞曲子词配合燕乐的关系表述甚为明确,以为盛唐时新音乐流行,遂有才士依据音乐家所制乐曲的节拍旋律而谱配歌辞,辞句的长短是以乐曲之准度而谱配的。此即是以辞从乐而产生的新体音乐文学——长短句的曲子词。宋代词学家张炎在探讨词学理论时提出了"按律制谱,以词定声"之说。他认为:"词以协音为先,音者何,谱是也。古人按律制谱,以词定声。"清代词学家江顺诒解释说:"古人所谓谱者,先有声而后有词。声则判宫商,一调有一调之律。词则分清浊,一字有一字之音。按律而制名之曰谱,歌者即按律以歌。"张炎谈的"谱"是"音谱",即乐谱。"按律制谱"即依据乐律之原则而创作乐曲,词之

"协音"是指歌词与乐曲之节拍旋律相配合;"以词定声"是指词之字声之平仄与音乐和谐,所以词乐失去之后,词的句式和声韵尚可体现音乐的一些效应。"音谱"是供精通音律的词人填词之用的,它无歌词;歌谱则是某调之词的每个词字之右旁标缀有燕乐半字谱,并于词调下注明宫调,歌者即可据以歌唱,如今存南宋词人姜夔之自度曲。江顺诒将"音谱"误以为歌谱,将"律"误以为声韵格律了。张炎之说概括了曲子词与音乐的独特关系。

　　清初学者宋荦关于词体性质说:"夫填词非小物也。其音以宫商徵角,其按以阴阳岁序,其法以上生下生,其变以犯调侧调。调有定格,字有定数,韵有定声,法严而义备。后之欲知乐者,必于此求之。"词乐在宋以后已经散佚,宋荦以为可从词体作品中求知词乐,以知词的音律,依月用律,旋宫之法及乐曲的变化;这已是不可能的了。然而他以为词体的每个词调有独自的格律规定,每调之字数和用韵亦有严格法则;这较确切地总结了词体格律的特点。此后词学家万树认真考辨词体格律后,关于词体的特征说:

> 夫后学不知诗余乃剧本之先声,昔日入伶工之歌板,如耆卿标明于分调,诚斋垂法于择腔,尧章自注鬲指之声,君特致辨煞尾之字。当时或随宫造格,刱制于前,或遵调填音,因仍于后。其腔之疾徐长短,字之平仄阴

阳，守一定而不移，证诸家而皆合。兹虽旧拍不复可考，而声响犹有可推。

他追溯了宋代词人柳永、杨缵、姜夔和吴文英在按谱填词时密切注意词与音乐的配合，求得乐曲之节拍旋律与词之句式声韵的和谐；此即"随宫造格"，以词从乐而形成格律。在词的创调之作产生后，某些不谙音律的词人遂可参照创调之作的句式声韵作词；此为"遵调填音"，即以调定律，每个词调形成独特的格律。当词乐散佚之后，词体由于是以调定律的，便可以将每调之作品的句式声韵加以比较而求得其格律的定则，因此能建立词体的格律规范，使之成为中国古典格律诗体的精美形式。

从上述可见，自宋代以来，词人、词学家和学者关于词体的认识，已有"唐末俗乐""长短句""填词"等概念，尤其有"按律制谱""以调定声""随宫造格""遵调填音""调有定格""字有定数"和"韵有定声"之说，它们是律词观念形成的词学渊源和理论的基础。

宋以后，词的创作由于与音乐分离而出现缺乏规范的状态，致使词体衰微。明代学者周瑛于弘治七年（1494）编的《词学筌蹄》选词调一七七调，例词三五三首，分调编排，每调依句式，以方框（□）表示平声，以圆圈（〇）表示仄声，制以为图，以该调之例词为谱。填词者如果能记诵谱之例词，参照图所标之字声平仄及分段、分句之规定，便可作出符合格律规范的词了。《词学筌蹄》实为图谱并列之词谱，亦是词学史上的第一部词谱，在重建词体规范的过程中具有开创性的重要意义。在此之后，词谱之编著有张綖的《诗余图谱》、程明善的《啸余谱》和清初赖以邠的《填词图谱》甚为流行。这些词谱虽然图谱形式及使用符号相异，存在诸多错讹，但为填词者广泛使用。清初词学家万树鉴于流行之词谱的错乱讹误，在严格学术考辨的基础上编订了《词律》二十卷，于康熙二十六年（1687）刊行。这是具有高度学术水准的词谱，为词体规范的重建奠立了基础。康熙五十四年（1715），由朝廷组织王奕清等学者编纂的《词谱》四十卷，所收词调齐备，采取图谱合一方式，遍注字声平仄，注明宫调、体制，谱例多用名篇或始词，具有简明适用的特点，故三百年来被奉为词体格律的规范，成为标准的词谱。"律词"即是依据《词律》与《词谱》所建立的词体格律规范创构的新的词学观念。

中国唐代产生了两种古典格律诗体，即"近体诗"和"曲子词"。近体诗是讲究声韵格律的新诗体，区别于唐代以前的诸种诗体。曲子词是讲究声韵格律的新体歌辞，区别于唐以前诸种音乐文学和声诗。"近体诗"之称为"律诗"，"曲子词"之称为"律词"，它们在中国韵文史上的命运是各不相同的。日本高僧遍照金刚（弘法大师）著的《文镜秘府论》里保存了中国唐代诗学文献，唐代诗学家已有关于诗体格律的概念。遍照金刚引用之文献有云"夫诗格律，须如金石之声"；关于格律的解释是"凡作诗之体，意是格，声是律，意高则格高，声辨则律清，格律全，然后始有调"。关于"律诗"的概念，北宋李之仪说："近体见于唐初，赋平声为韵，而平仄协其律，亦曰律诗。由有近体，遂分往体。就以赋侧声为韵，从而别之，亦曰古诗。"由此可见，关于唐代初年兴起的"近体诗"，在中唐时期已有学者准确地谈到"诗格律"，而北宋时已有"律诗"之称了；"律词"的概念则是起于中国的近年。元代中期陈绎曾著有《诗谱》，将诗体分为古体和律体，极简略地举诸家诗而论其风格，并未总结出诗体格律和诗法规则，根本不是诗谱。律诗格律的总结是由清初王士禛的《律诗定体》和赵执信的《声调谱》完成的。词体格律的总结与词谱的编订则始于明弘治七年（1494）周瑛编订的《词学筌蹄》，早于诗体格律的总结，而完成于清初万树的《词律》和王奕清等的《词谱》。律诗的格律与律词比较起来较为简易，而律词的格律却复杂得多，故自"律词"观念于近年形成后，我们回顾《词律》与《词谱》时，则发现词体格律的整理尚未完善并存在诸多的问题。律词观念更趋向于仅关注词体的纯文学形式的格律规范，同"律诗"的内涵是一致的。兹将二者的格律规范试做比较：

（一）律诗包括五言律、七言律，五言绝句、七言绝句，五言排律和七言排律，但以五言律和七言律为标准。五言律和七言律各分为平起式和仄起式，是为律诗的四种型式，每式自成格律；其余的绝句和排律均遵照此型式。律词是以词调为单位定律的，词调有八百余个，则词体之格律便有八百余个。

（二）律诗的五言律为四十字，七言律为五十六字，律词词调的字数从最短的《十六字令》直至二百四十字的《莺啼序》，变化极大。

（三）律诗的句式仅有五言和七言两类的齐言，律词则有从一字句至九字句的长短句。

（四）律诗由五言八句构成一个整体和由七言八句构成一个整体。律词的许多词调是分为前段和后段的，是为双调，此外尚有分为三段和四段的。

（五）律诗的句法体现的音节，五言句为上二下三，七言句为上四下三句法。律词的许多调则有五言句为上一下四，七言句为上三下四，八言句为上三下五，九言句为上三下六的句法。

（六）律诗的五言律的平起式和仄起式，七言律的平起式和仄起式四种律句，字声的平仄是固定的。律词每句的字声由调而定，字声平仄变化极大，尚有连用数个平声或仄声字而形成的拗句，它们均有定格。

（七）律诗全用平声韵。律词的韵类分为平声、仄声和入声三类，而且许多调有平仄换韵的、一调多韵的、平仄韵互押的，用韵情况依调而定，极为复杂。

（八）律诗的第三与第四句，第五与第六句，必须形成对偶。律词的某些调若出现上下两个句式平仄相应的情况，可以为对偶，也可不对偶，并无严格要求。

以上可见律词的格律比律诗的确富于变化而复杂。但如果说律词是由律诗衍化或派生，则是错误的"诗余"说。律词的产生必须具备两个基本条件：一是唐代新的流行音乐——燕乐的盛行，一是唐代格律诗体的成熟。律词是配合音乐的歌辞，它是以词从乐的，词人倚声制词时为配合音乐而形成长短句的句式，而且吸收了律诗声韵的经验，于是为求得与乐曲节拍旋律的和谐，从而以调定律。由于律词的以调定律，所以在词乐散佚后才可能整理与总结出词体的格律规范。

词体文学的基本单位是词调。自清初以来，词学界皆以《词谱》所列的八二六调为标准，但它混入了不少非词调的东西，而且失收后来发现的词调，因而这个数据是不准确的。我们如果不能辨析中国古典文学形式中什么是词调，什么不是词调，而且无法确定词调的数目，这必然导致现代词学研究的前提疏失，难以区分词体与其他诸种韵文文体的界域，不可能建立词体的规范。我们只有持律词观念以清理唐宋词调，才可能发现《花间集》《词律》《词谱》等词集和词谱受传统谬误的因袭，将某些声诗、大曲、佛曲、元曲误为词调。唐代曲子词与声诗同为新体燕乐歌辞，崔令钦《教坊记》所录盛唐教坊曲名中的《南歌子》《望月婆罗门》《渔父引》《何满子》《浣溪沙》《杨柳枝》《抛球乐》《后庭花》《鹊踏枝》《柘枝引》《采桑子》《甘州曲》《乌夜啼》《浪淘沙》《拜新月》《凤归云》《苏幕遮》《三台》《竹枝子》等既有长短句的曲子词，也有五七言的声诗。这二者与音乐的配合方法不同：曲子词是以词从乐的，声诗是选五七言绝句配乐的。从律词观念便可以区分二者：曲子词是以调定律的，每调自成独特的格律；声诗是属于五七言绝句的律诗，虽与词调同名却未形成独特的格律，故可从词体中去除。敦煌文献中的佛曲如《十二时》《五更转》《百岁篇》《十恩德》等皆为三五七言句式的韵文，不讲究字声平仄，未形成独特而严密的格律，故非词体。唐宋大曲是词调来源之一。词人们选取大曲之某一段如《梁州令》《伊州令》《水调歌头》《六州歌头》《法曲第二》《氐州第一》《霓裳中序第一》《隔浦莲近拍》《薄媚摘遍》等乐曲为词调，但今存宋人之大曲和舞曲如《薄媚》《法曲》《采莲》《柘枝舞》，以及《清平调》《凉州歌》《伊州歌》《陆州歌》《九张机》，皆未形成独特的声韵格律而非词体。《词谱》误收之元曲，如《庆宣和》《凭栏人》《梧叶儿》《寿阳曲》《天净沙》《干荷叶》《喜春来》《金字经》《后庭花破子》《平湖乐》《殿前欢》《水仙子》《茅山逢故人》《醉高歌》《黄鹤洞仙》《木笪》《折桂令》《鹦鹉曲》《三奠子》《小圣乐》，它们亦是长短句的形式。从律词而言，它们之声韵属近代音系，平声分阴阳，入声消失，音值发生变化，每调的字数句式不稳定，而且有衬字，故非词调。此外，宋以后词人的自度曲因丧失时代文学之意义，故亦非词调。我们只有在重新整理词调时按律词观念将上述诸种韵文体式清除，才能为建立词体规范奠定坚实的基础。

中国盛唐以来兴起的长短句的格律化的新体燕乐歌辞被称为曲子词。它所结合的燕乐是受中亚和西域音乐影响而形成的流行音乐。词体文学发展至宋代而臻于繁盛，其胡乐的成分基本丧失，它所结合的音乐是燕乐系统的民间新声，表现为燕乐已经华化。唐宋词人倚声制词，以词从乐，以调定律而创造了律词。我们现在谈律词，是在词乐散佚后基于对词体格律的新认识而创造的观念，如果以此而否定词体与燕乐的关系，否定词调与宫调的关系，否定词是音乐文学，甚至否定中国有音乐文学的存在，凡此皆由对中国音乐史和词学史缺乏认识所致。关于词为音乐文学，以及其与中国音乐文学的特殊关系，近世词学家和学者如胡云翼、朱谦之和刘尧民等均有论述。词体为以词从乐而形成格律严密的长短句的精美的音乐文学体式是在学理和史实方面确立的，可以无疑。我们谈律词，追溯其渊源则见到其与音乐的密切关系，由此才可能真正认识词体格律的形成和词体独特的体性。

自第一部词谱《词学筌蹄》迄于《词谱》的各种词谱，均在整理词体格律时仅关注形式的技术层面。当然，这是必要的。然而若不寻求每个词调的体式、声韵、声情的特点和适应的题材范围，这必然使填词者不理解词体的文学性质，易于以诗法为词，以诗题为词，不能掌握所使用之调的艺术特征。我们现在谈律词观念，应以它是中国音乐文学的古典形式和中国格律诗体的古典形式为理论基础，考察每个词调的体制、格律和声情，探求适宜表达的内容、思想情感及文学的艺术风格。这样必将使现代词学在研究词体的艺术特点、词人的创作风格、作品的艺术分析等方面进一步提高，使词的文学本位的研究进一步深入。

我们应明确：词是中国古代新体音乐文学，它在发展过程中形成了声韵格律的传统；现在学习填词必须严格按照词谱的规定。

[练习]

从《宋词三百首》中选出你所喜爱的词四十首，熟读背诵。

第二讲　词律的构成

中国诗歌发展到唐代形成了格律。唐人将这种具有格律规范的诗体称为"近体诗",以便与古体诗区别开来。词体是讲究格律的,它诞生在中国古典格律诗体形成之后,成功地吸收了"近体诗"声韵格律的经验而加以发展,因而从文学的观点来看,词是中国古典格律诗体之一种。唐代格律诗无论五绝、七绝、五律、七律和排律,其格律都是由字声、韵、体式构成的。其字声仅有平声和仄声两类,韵限用平声韵,体式有平起式和仄起式两种。词律的构成是较为复杂的。清代学者宋荦说:"调有定格,字有定数,韵有定声。"这尚不能完全概括词律要素。词律构成的要素有:

（一）调。词体是以调为单位的,每调有自己关于格律的特殊规范,因而我们讲词体格律绝不能脱离调。各个词调的格律是不相同的。

（二）字数。词体的字数依调而定,短者是《十六字令》,

仅十六字，最长者为《莺啼序》二百四十字。当然也有字数相同的词，例如《浣溪沙》《归国遥》《恋情深》《赞浦子》都是四十二字，但它们的句数、用韵、平仄、句式则是各异的。作词必须严格遵守每调所规定的字数，不能多一字，也不能少一字。

（三）句。句式有一、二、三、四、五、六、七、八、九字各式。句数最少的四句，多的有数十句。这些，每调都有具体规定。

（四）片。词体由一段完成的称为"单调"，如《忆王孙》《望江南》《荷叶杯》《如梦令》。词体由两段组成的称为"双调"，如《菩萨蛮》《蝶恋花》《临江仙》《西江月》《满江红》《水调歌头》等。其中前段称为上片，后段称为下片。双调是调体中最普遍的。词体由三段组成的如《瑞龙吟》《兰陵王》《夜半乐》《戚氏》，称为"三叠"。词体由四段组成的如《莺啼序》，这极为罕见。在书写排印时，每片之间必须空格，以表示分片。古人歌曲演奏完一曲，曲终称阕（què）。词是付诸歌喉的，故一词也称一阕，双调的上片称上阕，下片称下阕。

（五）字声。词的每调字声平仄各有定格，每调内也有某些字声是可平可仄的，凡此皆应按词谱的规定。我们作词时切忌随意更改字声平仄的规定，而且应注意词体是没有什么通行的平仄定格的句式，因为句中平仄是随词调而定的，可以是律句，也可以是数个仄声字或平声字组成的拗句。

（六）韵。词体用韵分三类，即平声韵、仄声韵和入声韵，每词调皆有规定。

由上述情形看来，的确词比格律诗的格律复杂得多，显然给作者的束缚和限制也愈多，但词体格律的复杂和严密，表明其形式精巧，艺术色彩尤为丰富，所以它是中国古典格律诗体中形式最精美的。我们经过努力学习，征服了这种艺术形式，必然会发现它有其他诸种诗体所难及的优长，确"能言诗之所不能言"。

词体虽然吸收了"近体诗"的声韵格律的优长，甚至往往使用诗的律句，但这些律句的排列完全不同于诗，在词调内重新组合，由此表现出独特的韵味。诗与词的区别固有文学风格的差异，然而最主要的是格律的相异。

浣溪沙　　　　　晏　殊

一曲新词酒一杯，去年天气旧亭台。夕阳西下几时回？　无可奈何花落去，似曾相识燕归来。小园香径独徘徊。

凡○表示平声，●表示仄声，未注平仄者则可随意。此词共六句，它们全是七律的律句式，词之六句分为上下两片，每片第二、三句，平仄全同。这样六句之中便有四句平仄全同，而且句末四字皆是两仄两平，平声韵脚，于是形成重复回环、音韵响亮的艺术效果。

玉楼春　　　　　　　钱惟演

城上风光莺语乱，城下烟波春拍岸。绿杨芳草几时休？泪眼愁肠先已断。　　情怀渐变成衰晚，鸾镜朱颜惊暗换。昔年多病厌芳尊，今日芳尊惟恐浅。

此词七言八句，全是律句，貌似仄起七律，但它用的是仄声韵，分上下两片。其中五个句子的平仄全同，末两字皆仄声，因此声韵低沉，音节急促单一，适于表达压抑悲咽的情感。

望江南　　　　　　　皇甫松

兰烬落，屏上暗红蕉。闲梦江南梅熟日，夜船吹笛雨潇潇。人语驿边桥。

此词为单调，全词五句，第三、四句是律句，第二句与第五句是平句相同的律句。故虽用律句，但句式组合、用韵与律诗全异，因后两句句末同时两个平声韵字，使声韵和谐流畅。

生查子　　　　　朱淑真

年年玉镜台，梅蕊宫妆困。今岁未还家，怕见江南信。　　酒从别后疏，泪向愁中尽。遥想楚云深，人远天涯近。

此词看似仄韵五律，而且均为五言律句，但分为上下两段，句子平仄全同。上下段第一句之字声平仄甚宽，除韵字而外，平仄不拘；上下段自第三句至末句格律极严，除首字而外，字声平仄不能变易，故与古体仄韵五律相异。

菩萨蛮　　　　　温庭筠

小山重叠金明灭，鬓云欲度香腮雪。懒起画蛾眉，弄妆梳洗迟。　　照花前后镜，花面交相映。新贴绣罗襦，双双金鹧鸪。

此词上段第一、二句为律句，平仄相同，均为平韵，第三、四句亦用律句，但换为两仄声韵；下段第一、二句为律句，换为两仄声韵；第三、四句为律句，换为两平声韵。凡四换韵，用韵规则特殊，律句组合亦特殊，但上下段声韵相应，格律相同，整词的格律极富于变化。

卜算子　　　　　　　苏轼

缺月挂疏桐，漏断人初静。谁见幽人独往来，缥缈孤鸿影。　惊起却回头，有恨无人省。拣尽寒枝不肯栖，寂寞沙洲冷。

此词上下段句数、句式及用韵相同。句子实皆为律句，但各句字声平仄的宽严不同，如上下段起句，可平可仄之字最多，而结句却极严。全词上下段第三句插入七言句，使声律及体式于平整中发生变化。

鹧鸪天　　　　　　　晏几道

彩袖殷勤捧玉钟。当年拚却醉颜红。舞低杨柳楼心月，歌尽桃花扇底风。　从别后，忆相逢。几回魂梦与君同。今宵剩把银釭照，犹恐相逢是梦中。

此词前段是标准的七言仄起式绝句，后段过变略变化，以下三句又与前段声律相同。这有以两首绝句之合并，但因过变之变异与特殊的组合却构成异于七律的声情与体制。

　　　　渔家傲　　　　范仲淹

塞下秋来风景异，衡阳雁去无留意。四面边声连角起，千嶂里，长烟落日孤城闭。　浊酒一杯家万里，燕然未勒归无计。羌管悠悠霜满地。人不寐，将军白发征夫泪。

此词前后段句式平仄、用韵相同，每句用仄声韵。除前后段一个三字句外，其余八个七字句为律句仄仄平平平仄仄，平平仄仄平平仄两句之反复对应。虽用律句，却每句入韵，两种句式反复，又插入两个平仄仄之三字句，故声情于流畅转而低沉，压抑而拗怒，绝非七言仄声古律之声情可与比拟。

从上述八例可见，词体虽然采用律句，但句式的组合，字声的宽严，前后段之分，前后段句式与用韵的相同或相异，以及句式的变化等皆与律诗的体式、格律完全相异。词体是依调定律的，每调自成格律；其格律比律诗复杂得多。在上述八例中，有的词调貌似七律或五律，但却绝非七律或五律。因此，学习词律，虽然能见到许多律句，但这是由于词人们巧妙地吸收了律诗的声韵经验，尤其在此基础上产生了层出不穷的变化发展，使其艺术形式更为精美。我们学习词律，绝不应有律诗体制的观念。如此遂可认识词体的特性。

我们应明确：词律的构成与诗不同，格律更为复杂严密。我们若要作词，必须严守格律。既是律，则不可随意改动。

［**练习**］

从《宋词三百首》中抄录出《浪淘沙》《江城子》《菩萨蛮》《临江仙》《虞美人》《蝶恋花》《满江红》《水调歌头》《念奴娇》《贺新郎》各调之词一首，于每词之后注明字数、片数、句数、韵数，凡用韵之处于韵字下画上符号标明。做完后，将它们与本教程所附词谱对照，比较异同，辨别正误，自行改订。

第三讲　词的字声规范

词体字声的平仄以什么为标准呢？即是说，我们依据什么音系去辨别某字是仄声或平声呢？这同格律诗一样，是以《广韵》为代表的中古音为标准的。格律诗和词都产生于唐代，当时的作者辨识字声平仄是以国家修订的《唐韵》为准。宋代初年，朝廷组织学者在《唐韵》的基础上扩大收字范围，重新审订，编制《广韵》，正式颁布施行。《广韵》即是自隋代《切韵》以来韵书的集大成者。唐宋文人作诗作词关于平仄的辨识是依官方韵书规定，即以平声、上声、去声、入声各部所收韵字为准。除平声而外，上、去、入三声各韵部所收之字便属仄声字。

这里请读者必须注意，切勿以现代汉语的四声，即以北京音为基础的普通话声调的阴平、阳平、上声、去声以比附中古音的四声。凡谈词的字声平仄时，绝不要与现代语音混淆，否则始终不能正确地辨识平仄。那么抛弃现代语音之后，作词时又怎样辨字声的平仄呢？这有两种切实可行的方法：一是依据《广韵》音系的"平水韵"整理的诗韵常用字表（见《诗律教程》附录），或用清代整理的《佩文诗韵释要》亦可；二是依据本教程所附之词韵表。关于平仄，只要读者将本讲所附练习题认真做完，以后读诗词时多加留意，便可辨识了。

读者可能怀疑：唐宋人作词是否都严格遵守字声的平仄规定呢？比如豪放词人苏轼和辛弃疾等，他们作词不喜剪裁以就声律，那么他们是否不遵守规定呢？我们可以肯定地说，无论唐代词人还是苏辛等词人，他们都是严格遵守规定的。

关于词的字声平仄，从整个词体来看是存在一些规律的：

（一）小令的平仄从严。我们且以苏轼和辛弃疾的小令为例：

《南乡子》首句

苏　轼：寒雀满疏篱
　　　　●●●○○

　　　　不到谢公台
　　　　●●●○○

　　　　霜降水痕收
　　　　●●●○○

　　　　冰雪透香肌
　　　　●●●○○

　　　　回首乱山横
　　　　●●●○○

辛弃疾：隔户语春莺
●●○○

敧枕橹声边
●●●○

无处著春光
●●○○

日日老莱衣
●●○○

何处望神州
●●●○

《西江月》结句

苏　轼：把酒何人心动
●○○●

俯仰人间今古
●○○●

斗取红窗粉面
●○○●

把盏凄然北望
●○○●

不与梨花同梦
●○○●

辛弃疾：闲管兴亡则甚
●○○●

细雨斜风时候
●○○●

拼却今宵无梦
●○○●

以手推松曰去
●○○●

却怕灵均独醒
●○○●

以上二十个句子，凡应平应仄之处皆无一例外，可见格律之严整。因此我们学习作词绝不要以豪放词人自居，以为可以不计较字声的平仄。以下诸例皆是小令中格律最严的：

春光好　　　　　　　　　和　凝

纱窗暖，画屏闲。觯云鬟。睡起四肢无力，半春间。

玉指剪裁罗胜，金盘点缀酥山。窥宋深心无限事，小眉弯。

望仙门　　　　　　　　　晏　殊

玉池波浪碧如鳞。露莲新。清歌一曲翠眉颦。舞华茵。　满酌兰英酒、须知献寿千春。太平无事荷君恩。荷君恩。齐唱望仙门。

海棠春　　　　　　　　　无名氏

流莺窗外啼声巧。睡未足、把人惊觉。翠被晓寒轻，宝篆沉烟袅。　宿醒未解，宫娥报道。别院笙歌会早。试问海棠花，昨夜开多少。

烛影摇红　　　　　　　　王　诜

烛影摇红，向夜阑，乍酒醒、心情懒。尊前谁为唱

《阳关》，离恨天涯远。　　无奈云沉雨散。凭阑干、东风泪眼。海棠开后，燕子来时，黄昏庭院。

以上第一首和第四首每句平仄字声均严，第二首有两字平仄不拘，第三首有七字平仄不拘。每句之字声平仄，皆按照该词调之规定。

（二）某些词调的格律较宽，即词字的可平可仄之处较多。作者选择这些词调，有较大的创作自由。例如下面中调两首、长调两首：

殢人娇　　　　　　晏 殊

二月春风，正是杨花满路。那堪更、别离情绪。罗巾掩泪，任粉痕沾污。争奈向、千留万留不住。　　玉酒频倾，宿眉愁聚。空肠断、宝筝弦柱。人间后会，又不知何处。魂梦里、也须时时飞去。

祝英台近　　　　　　吴文英

剪红情，裁绿意，花信上钗股。残日东风，不放岁华去。有人添烛西窗，不眠侵晓，笑声转、新年莺语。　　旧尊俎。玉纤曾擘黄柑，柔香系幽素。归梦湖边，还迷镜中路。可怜千点吴霜，寒销不尽，又相对、落梅如雨。

瑞鹤仙　　　　　　　　周邦彦

悄郊原带郭，行路永，客去车尘漠漠。斜阳映山落。敛余红，犹恋孤城栏角。凌波步弱。过短亭、何用素约。有流莺劝我，重解雕鞍，缓引春酌。　　不记归时早暮，上马谁扶，醒眠朱阁。惊飙动幕。扶残醉，绕红药。叹西园已是，花深无地，东风何事又恶。任流光过却。犹喜洞天自乐。

沁园春　　　　　　　　苏轼

孤馆灯青，野店鸡号，旅枕梦残。渐月华收练，晨霜耿耿，云山摛锦，朝露漙漙。世路无穷，劳生有限，似此区区长鲜欢。微吟罢，凭征鞍无语，往事千端。　　当时共客长安。似二陆、初来俱少年。有笔头千字，胸中万卷，致君尧舜，此事何难。用舍由时，行藏在我，袖手何妨闲处看。身长健，但优游卒岁，且斗尊前。

以上四词，字声可平可仄之句子较多，但定格处之字声则必须严遵。

（三）长调中有的词调之字声规定较严，可平可仄之字极少。初学者不宜选择这些词调，例如：

声声慢　　　　　　　　　李清照

寻寻觅觅，冷冷清清，凄凄惨惨戚戚。乍暖还寒，时候最难将息。三杯两盏淡酒，怎敌他、晚来风急。雁过也，正伤心、却是旧时相识。　　满地黄花堆积。憔悴损、如今有谁堪摘。守着窗儿，独自怎生得黑？梧桐更兼细雨，到黄昏、点点滴滴。这次第，怎一个愁字了得。

雨霖铃　　　　　　　　　柳　永

寒蝉凄切。对长亭晚，骤雨初歇。都门帐饮无绪，方留恋处，兰舟催发。执手相看泪眼，竟无语凝咽。念去去、千里烟波，暮霭沉沉楚天阔。　　多情自古伤离别。更那堪、冷落清秋节。今宵酒醒何处，杨柳岸、晓风残月。此去经年，应是良辰好景虚设。便纵有千种风情，更与何人说。

瑞龙吟　　　　　　　　　周邦彦

章台路。还见褪粉梅梢，试花桃树。愔愔坊陌人家，定巢燕子，归来旧处。　　黯凝伫。因念个人痴小，乍

窥门户。侵晨浅约宫黄,障风映袖,盈盈笑语。　　前
度刘郎重到,访邻寻里,同时歌舞。惟有旧家秋娘,声
价如故。吟笺赋笔,犹记燕台句。知谁伴、名园露饮,
东城闲步。事与孤鸿去。探春尽是,伤离意绪。官柳低
金缕。归骑晚,纤纤池塘飞雨。断肠院落,一帘风絮。

词中句子的字声平仄规定,皆是依据词调独特之格律而极有序组合的;其中可平可仄之字甚少。

(四)拗句。词体固然用了许多的律句,而且其三字句、四字句、六字句、八字句、九字句,也可见到使用律句并有所变化。然而词体最为特殊之处在于使用拗句,即所用律句看来是不合律的句子,兹摘引如下:

但问取、亭前柳(《一落索》,周邦彦)

载不动、许多愁(《武陵春》,李清照)

叹咫尺、断行千里(《留春令》,黄庭坚)

任日炙、画楼暖(《凤来朝》,周邦彦)

佳人无消息(《迷神引》,柳永)

又片片、吹尽也,几时见得(《暗香》,姜夔)

细念想、梦魂飞乱(《玲珑四犯》,周邦彦)

今夕何夕恨未了(《秋宵吟》,姜夔)

更可惜、雪中高树（《花犯》，周邦彦）
● ● ●　● ○ ●

去未舍、待月向井梧梢上挂（《龙山会》，吴文英）
● ● ●　● ● ● ● ● ● ●

似梦里，泪暗滴（《兰陵王》，周邦彦）

向露冷风清无人处（《浪淘沙慢》，周邦彦）
● ● ● ● ● ○ ● ●

望中酒旆闪闪（《夜半乐》，柳永）
● ○ ● ● ● ●

尽一刻、千金堪值（《个侬》，廖莹中）
● ● ●　○ ● ● ●

向晚骤、宝马雕鞍（《三台》，万俟咏）
● ● ●　● ● ● ●

觉从前皆非今是（《哨遍》，苏轼）
● ○ ○ ● ○ ● ●

　　这些连用数个仄声字或平声字的句子，声韵拗戾，字声组合奇异，均为典型的拗句，但它们被整合在某词调内，表达了以词从乐的特殊的音乐声情，故当时歌唱，或现在吟诵起来又显得特别和谐动听。这是词体字声的特殊之处，我们按谱填词时必须处理好这类拗句。

　　关于词体句内之字声平仄，曾有词学家将词体从一字句至九字句细分为若干句式，如二字句可为平平、仄仄、平仄、仄平四式，三字句可为平平平、仄仄仄、平平仄、仄仄平、平仄仄、仄平平、平仄平、仄平仄八式，其余四字句、五字句、六字句、七字句、八字句、九字句，皆可以此逻辑类推排比。此种句式排列，犹如排列律句与非律句一样，是徒增繁乱而毫无意义的。因其是脱离整体格律，孤立地探讨句式规则的。学习词律应认真领会每词调独特的格律，无论律句、拗句，它们在某调内皆有固定的位置和特定的要求，极富于变化。

清代万树整理词律时，关于字声基本上只辨平仄，偶尔于个别处注明"去声"。王奕清等订正词谱则仅辨平仄。现在一般的作者依《词谱》即可，不必注意去声字。宋以来的词学家有的主张词字严辨四声（平、上、去、入），区分五音（字的发音部位，即喉、齿、舌、牙、唇），考究阴阳（字音之韵母无附加鼻声韵尾者为阴声字，有附加鼻声韵尾者为阳声字）。这些都是词学家们故弄玄虚，自欺欺人，因为五音阴阳属于等韵学概念，若无专门的知识是不可能分辨的，而且若如此讲究，则填词几乎是不可能的。清代词学家戈载填词，严格区别四声、五音，可惜他的词作是彻底失败的，虽守声律而毫无性灵和情感。事实上这些词学家们又并非等韵学家，他们自己也难弄清等韵学，即使在唐宋词实例中也找不出多少实例。因此，读者不要相信什么"四声体""五音说""阴阳说"。

[练习]

从《宋词三百首》中选《忆江南》《浪淘沙》《江城子》《长相思》《浣溪沙》《菩萨蛮》《西江月》《玉楼春》《虞美人》《蝶恋花》十调，每调录二词，于每词每字之下遍注平仄，平声以○标志，仄声以●标志。做完后与附录之词谱对校，以检验是否能够辨别平仄。注意作每调各词的比较，发现哪些词字是严格规定的，哪些是可平可仄的。如果难于辨识某些字是平是仄，可以《诗律教程》所附诗韵常用字表，或依本教程所附词韵常用字表为准。辨别平仄最好的简便办法是采取二分法，即先认熟平声字，平声以外的即归入仄声。

第四讲　词的用韵

唐宋人作词大致参照通行的诗韵，现在我们作词也可依据《广韵》音系的"平水韵"。读者应注意：切不可以现代汉语韵母相同的字，按己意随意作为词韵。词韵不能依据现代音韵，也不能依据曲韵和俗韵十三辙。

纵观唐宋词的用韵，虽然是参照诗韵，但实际上比诗韵宽。这表现在：诗的韵部绝不容许与他部或邻韵相混，"东""冬"两部，"真""文""痕"等部，"肴""豪"两部，"寒""删""先"等部，"青""侵""庚"等部的韵字不能混合使用，而在词中则可；诗不使用方音协韵，而在词中则可；格律诗用平声韵，而词以调为单位，每调关于用韵皆有特殊规定。我们将词体用韵情况加以概括，常见的有以下几种：

（一）一首一韵，或平声韵，或仄声韵。《浣溪沙》使用平声韵，《玉楼春》使用仄声韵。

(二)一词多韵,如《虞美人》苏轼词:

波声拍枕长淮晓,隙月窥人小。无情汴水自东流,只载一船离恨向西州。　竹溪花浦曾同醉,酒味多于泪。谁教风鉴在尘埃,酝造一场烦恼送人来。

全词凡四次换韵,两仄韵,两平韵。

(三)同部平仄互协,如《西江月》辛弃疾词:

醉里且贪欢笑,要愁那得工夫。近来始觉古人书,信著全无是处。　昨夜松边醉倒,问松我醉何如?只疑松动要来扶,以手推松曰去!

上下片结构相同,两个平声韵,一个仄声韵。它们的韵母相同,但声调不同,在词中互押。

(四)限用入声韵,例如《兰陵王》《暗香》《疏影》《丹凤吟》《霓裳中序第一》《应天长》《琵琶仙》《雨霖铃》《好事近》《六幺令》《浪淘沙慢》等。

除以上常见的情形之外,还有叠韵、数部韵交协和长尾韵等,这些较复杂的用韵或很特殊的用韵,初学者可以暂不考虑。

关于入声韵。诗韵中入声虽然单独为一类,但在具体使用时归进仄声。词韵则分为平声韵、仄声韵(上声和去声合并)、入声韵三类。某些词调按规定只能用入声韵的,不能任意改变。《满江红》《贺新郎》《忆秦娥》《念奴娇》《声声慢》等调,虽然可用仄声韵或平声韵,但以用入声韵最能恰当地体现该调的声情。我们作词应有入声的概念。自清代以来,某些词学家认为,词中有"入派三声",即入声转化为平声、上声或去声。这只是千分之几的极个别的例子,不能视为普遍的规律,尚是学术争议的问题。读者宜严守入声,不能在词律中引进"入派三声"的近代音韵概念。在词的字声中,入声同上声和去声合为仄声;在词韵中,入声是单独的一类。这是必须明确的。

唐宋人作词,用韵大致参照诗韵,并无通行的专门的词韵书。词的用韵大大宽于诗韵,因而从诗韵的角度来看,确如清代词学家杜文澜所说:"宋词用韵有三病:一则通转太宽,二则杂用方音,三则率意借协。"(《憩园词话》卷一)作词虽然用韵较宽,其格律却比诗体严密而复杂。当词人掌握了诗体的声韵格律,在作词用韵时是相对自由和容易的,所以当时没有必要编制词韵书。然而明末清初的学者们为研究唐宋词,则很有必要总结唐宋词人的用韵规律。他们根据唐宋词作品用韵的情况进行归纳整理,编订词韵。明代后期胡文焕编有《会文堂词韵》,但将曲韵与诗韵混杂,不为学界推重。明清之际沈谦编的《词韵》，分词韵为十九部，其原书早佚，毛先舒列出其韵部名为《词韵略》，以为"此本是括略，未暇条悉。然作者先具诗韵而用此谱按之，亦可以无谬矣"（《词苑萃编》卷十九）。此后相继出现了几种词韵，如仲恒的《词韵》、吴烺与程名世的《学宋斋词韵》、郑春波的《绿绮亭词韵》、李渔的《笠翁词韵》、许昂霄的《词韵考略》等，最后集大成的是戈载的《词林正韵》。自清道光元年（1821）《词林正韵》问世之后，为论词者和填词者确立了标准，词韵的建构工作似完成了。戈载以数序分部，用宋代《集韵》韵部标目，并在注释方面力求准确，但实际上与沈韵基本相同。其第一至十四部，每部又分平声韵和仄声（上声和去声）韵，第十五至十九部为入声韵。关于词韵的分部，闭口韵两部在宋代词人用韵时已经将它们分别并入其他韵部，而戈载以诗韵的观念保存它们；在入声韵部方面，与闭口韵相配的两部入声韵，亦相应发生变化而并入其他入声韵部，戈载却将缉韵并入第十七部，又将合盍业洽狎合列为第十九部。这都是与宋词用韵实际不符的。"入派三声"是元代《中原音韵》的作者根据元曲用韵和语音现象做的概括，然而入声在宋代语音中是存在的。戈载却在阳声韵的各部仿《中原音韵》之例详列入派三声的韵字。这些情形说明：戈载是以诗韵和曲韵的观念为指导来总结词韵的，既不合唐宋词用韵规律，也在音韵学理论方面陷于逻辑的紊乱。元人陶宗仪留下了一篇

《韵记》，见存于清初沈雄编的《古今词话·词品》，又见于张德瀛《词征》卷三。陶氏记述曾见到南宋词人朱敦儒试拟的词韵十六条，其中包括入声韵四部。词学家们曾努力使朱敦儒词韵复原，作了一些探索。朱氏词集《樵歌》今存词二百四十六首，我曾根据《韵记》提供的线索，从《樵歌》归纳其韵部，恰得十六部，内含入声韵四部，重新拟订了词韵（附后）。这可为填词者用韵的参考。

我们应明确：词韵大致参照诗韵，但有区别；入声韵在词韵中是单独的一类；词韵分为十六部；词的用韵规则依各个词调而定。

［练习］

（1）背诵诗韵一〇六部部首名（依据《诗律教程》附诗韵表）。

（2）背诵本教程词韵表各部部首名。

（3）比较诗韵与词韵异同。

第五讲　词调的选用

当我们在现实生活里获得某种特别深刻的感受时，产生了强烈的情绪，情动于中而试图以长短句的词体表达，首先考虑的便是选择词调。我曾对唐宋词调进行核实：一、唐五代词调共 115 调，其中为宋人沿用者 81 调；二、宋词共 817 调，除去沿用唐五代者，宋人创 736 调；三、唐宋词共有 851 调。词调甚为繁多，我们只宜选择常用的词调。词调经过唐宋时期音乐家制曲，乐工演奏，词人填词，歌妓传唱，社会大众的接受与选择，不断修改而形成传统的乐曲。每个词调皆有自己特殊的历史、富于个性的声情和关于声韵格律的规定。这些词调由于众多词人倚声填词而摸索出成功的创作经验，求得声韵与音律的和谐，渐渐地建立了规范。

词调是唐宋燕乐乐曲，它们来源于印度、西域、河西走廊的流行曲子，来源于中原乐工歌妓的改制，来源于朝廷教坊和大晟府文人的创作，来源于词人的自度曲，保存了其独特的文化色彩，情况很复杂。兹举数调简析于下：

《蝶恋花》，原名《鹊踏枝》，为唐代教坊曲，兴起于盛唐时期，属于新的燕乐曲。五代南唐词人冯延巳用此调创作十余首词，成为此调的典范，其词意与声情极吻合。此调偶有作者用入声韵或平仄协韵者，但仍以仄声韵为恰当。上下阕共十句，其中八句皆用韵，是用韵很密的词调。句式以七言为主，共六句，另有四言与五言各两句。这样形成流畅而又柔婉、激越而又低回的声情。词中表现惜春悲秋、离情别绪者多凄怆怨慕，表现艳情相思者多旖旎妩媚，咏物述志者多健捷激越。

《临江仙》是唐代教坊曲，所配的为中国传统的清商乐。此调最早见于敦煌曲子词，所录二首，一写登临思乡之情，一写闺怨。宋以前此调之词多咏神仙事，与江水有关，宋以来表现的内容可说是无意不可入、无事不可言，凡男女之情、朋友之谊、忧时之感、羁旅之愁、山林之乐、风俗民情，均有所反映。此调最宜歌咏恋情，展示士人心态和抒写伤世之感。

《念奴娇》曲名来源于唐代天宝时期宫妓念奴，她娇媚而善歌。今存最早的词是北宋前期沈唐的作品。此调之词或绮艳，或清腴，或娇媚，或幽微，将其秾丽艳逸的本色发挥得淋漓尽致。从此调之声韵而言，更适于表达豪放悲壮的情感。因其定格为上片十句，句脚字九个仄声，一个平声，下片十句，句脚字八仄声，二平声，构成拗怒的情调，所表达的情感显得激越凄壮，即使作者选择艳情为题，写出来也别是一番声情。

《沁园春》词调取名于东汉沁水公主之园。此后沁园用来泛指公主园林，为进入音乐领域创造了形象条件。现在最早之词是北宋前期张先的作品。从句式上看全调二十五句，其中四言十五句，构成以四言为主干的体例。四言句虽然音节较为简单，但在写景、叙事、抒情时具有自身的优势，比五言和七言显得更凝练庄重，在对仗上更容易工整，在音律上更爽朗铿锵，具有流畅之美。基于上述因素，此调很少用来写缠绵的绮情，很少出现婉约的笔调，而一般是呈现出雅驯典重、旷达疏放、豪迈悲壮的风格。

《水调歌头》来源于隋炀帝所制《水调》，其声韵甚悲切。此调是截取大曲《水调》的首章另倚新声而成，今存最早作品是北宋前期苏舜钦的词。唐人《水调》曲凄凉怨慕，声韵悲切。宋人的《水调歌头》则情调昂扬酣畅，韵味豪放潇洒，适于表现豪放之情，故豪放词人多用此调。此调所咏有怀古、登览、赠别、庆贺、感时伤世等。

《满江红》是北宋新兴的词调。唐代诗人白居易《忆江南》词有"日出江花红胜火"，描绘太阳出来光照江水、浪花鲜红似火的奇丽景象。《满江红》当是江南这种美丽奇特景象的概括，具有诗情画意。此调为北宋早期词人柳永创制。他共作了四首词,其中一首俗词是以代言体模拟市井女子语气,表现离情别绪引起的内心矛盾,当是创调之作。此调双叠,属换头曲,后段起五句与前段相异,自第六句始与前段相同,富于变化而归于和谐。从句式来看,此调有三个四字句,四个较灵活的八字句,一个五字句,四个可以对偶的七字句,六个三字句。其基本句式是奇句,适于表现奔放的情感;又由于十八句中只有三个平声句脚,而此调习用入声韵或仄声韵,因而形成拗怒的声情,宜于表现愤怒的情感。由于四字句、八字句及对偶的穿插,又使此调自饶和婉。因此,此调表情丰富,最适于主观抒情,宜于表达缠绵怨抑的情感,具有清新绵邈的美感效应。南宋初年岳飞的壮怀激烈、慷慨悲凉的杰作流传之后,又赋予此调新的特色。

我们只要将同调的名篇细读,加以分析比较,自会总结出每调的声情特点,而去选择最适宜表现自己思想情感的词调。四川文艺出版社于1998年出版的"中国历代词分调评注"丛书第一辑有《蝶恋花》《西江月》《临江仙》《满江红》《念奴娇》《水调歌头》《沁园春》和《贺新郎》,共八册,可作倚声填词的参考。

唐宋词人倚声填词,不同的作者或同一作者,在以词配乐时,往往出现同一词调之作品在字数上略有差异,多一字、少一字或多数字、少数字的情形;某字或数字的平仄相异;原是单调,后来发展为双调。这些差异被词学家区分为若干体。《词律》及补遗共收词调825调，计1670体，如《南歌子》有7体，《酒泉子》22体、《应天长》12体，《瑞鹤仙》16体，《沁园春》7体，《贺新郎》11体。制谱的学者这样细分，提供了每调的变式，这是很有学术意义的。读者若翻检《词律》和《词谱》可能感到体式繁多，无可适从，但这两种谱内，凡一调数体者皆注明何者为"正体"，即常用体。读者只宜选用正体，其余的可以不去计较。本教程所附之词谱四十调，即是仅取常用的正体，读者可依谱照填。

［练习］

从《宋词三百首》内依《蝶恋花》《临江仙》《念奴娇》《沁园春》《水调歌头》《满江红》六调，抄录每调之词十首，于每首词后写出对该词声情特点的分析，然后进行比较，得出各调声情认识的结论。

第六讲　按谱填词

　　填词必须按谱，我们现在所依据的是清代学者整理之谱。为什么必须按谱呢？因为词是古典格律诗体之一，若不遵循其规范，写出的长短句仅是韵文，而并非某调之词。读者在习作时是艰难的，可以说是戴着镣铐跳舞，然而掌握了这种艺术形式之后，你会发现每一词调之声韵规范都是众多词人的经验总结，它确实不可随意改动。例如《浪淘沙》的起二句：

　　　　李　　煜：帘外雨潺潺，春意阑珊。
　　　　　　　　　●●○○　●○○
　　　　欧阳修：把酒祝东风，且共从容。
　　　　　　　　　●●○○　●○○

　　这两句读起来音节响亮和谐，若将每句句末两字改为仄声，其韵味便大不相同了。
　　又如《满江红》起二句：

柳　永：暮雨初收，长川静、征帆夜落。
　　　　　●○○　　　　●　○●
周邦彦：昼日移阴，揽衣起、春帷睡足。
　　　　　●○○　　　　●　○●
岳　飞：怒发冲冠，凭阑处、潇潇雨歇。
　　　　　●○○　　　　●　○●

此调第一句第二字必仄，三四字必平，这样整首词的声韵气势便体现了。如果将此句平仄随意改动，读起来便不是《满江红》的韵味了，所以我们一再强调按谱填词。当你基本上掌握词律，偶尔作词时，因身边未带有词谱，便可默写出你所选词调之一篇名作，模仿其声韵，切实留意起句、结句、过变、句末等处的字声平仄，再注意用韵。作品初稿完成后，有条件时找到词谱核对，务求合谱。这样经过反复练习，是会学好词律的。

初学者先选择易填写的小令，用一词调多填几次，熟悉后再用其他词调。在有了一定经验后，可试用声律较宽的常用长调进行练习。总之掌握由简到繁、由易到难的循序渐进的原则，长期坚持，比较琢磨，经过一段时间便可征服词这一精美的古典艺术形式了。

自清初《词律》与《词谱》流行以来，凡论词体和填词皆以二者为规范，但它们却存在一些问题，这表现在：第一，误收声诗（即齐言的诗体）如《竹枝》《三台》《渔歌子》《杨柳枝》《八拍蛮》《清平调》《浪淘沙》等计36调；第二，《词谱》误收《庆宣和》《梧叶儿》《天净沙》《干荷叶》《殿前欢》

等元散曲17调；第三，《词律》收调660调，1180体，《词谱》收826调，2306体，以致别体愈分愈细，至为烦琐。这样使初学填词者无所适从，不便择调，并可能发生错误。此外《词律》于字声平仄，谨注可平可仄之字，很不适于初学者使用。南宋以来流行的《草堂诗余》，明人顾从敬以调类编，收小令46调，中调45调，长调103调，计194调，这是通用的常调，实可视为词谱，可惜未注明体制、字声、用韵等情况。我的《唐宋词谱粹编》计收常用词调200调，适于初学者使用，于2010年由四川人民出版社出版。在此基础上我完成《唐宋词谱校正》，计收497调，于2012年由上海古籍出版社出版。此谱对每调做了考辨，以正体为之，并对每调之声情、适用范围作了说明，而且强调每调之文学特性。此两种简繁之谱，可供填词者使用。本教程所附之词谱，选有40常用调，仅可供初学填词者练习之用。

关于从文学的角度来谈作词方法，这里我仅简略介绍一般的程序：

（一）立意：主体的感受，适合词体表达者，将它化为情绪。最好选取生活中的特定场景，仅表现一点最优美的情绪、最深刻的印象、最真实的感觉。

（二）选调：考虑所达之意与某词调之声情的吻合，而且要考虑内容的分量，看适合小令、中调或长调。如果内容丰富，自然应选择容量较大的长调。

(三)择韵：各韵皆有特殊的表情作用。这须作者参考名篇，细心玩味，总结经验。首先考虑用平声韵或仄声韵，然后再考虑用哪个韵部。初学者最好选择宽韵，即该部所收韵字较多的，避免选择窄韵，即该韵所收韵字较少的。当然最好选择你所熟悉的韵部。词韵虽然宽于诗韵，但最好以本教程所附之词韵为限，请勿超过此限度。

(四)谋篇布局：小令单调，因篇幅短小，不须考虑布局。填写双调应大致确定上片与下片主要表现什么，如上片写景，下片抒情；上片叙事，下片抒情；上片忆旧，下片描述现实。填写长调如《满江红》《沁园春》《贺新郎》等，因词体容量增大，尤须整体布局。这样可使作品结构谨严，脉络清晰。

(五)句法：词的句法比诗富于变化，表现力亦增强，例如辛弃疾的《水龙吟》：

　　落日楼头，断鸿声里，江南游子。把吴钩看了，栏干拍遍，无人会登临意。

这从现代汉语语法的观点来看，它是一个很完整的句子，有定语、主语（游子）和谓语，其表达的思想是很丰富的。一般说来词的句意是以韵为单位的，如李清照的《声声慢》：

守着窗儿，独自怎生得黑？梧桐更兼细雨，到黄昏、点点滴滴。这次第，怎一个愁字了得？

所以作词时一般当以一韵或两韵来考虑表达一个意思，而它是相对完整的。在这一韵里，它由一个或数个意象组成，由数个意象合成一个意群。一首词就是由若干意群组成的。

词的句法的特殊性还表现在：一、句中有领字，如"渐霜风凄紧"；二、七字句的上三下四，如"似当时、将军部曲"；三、八字句的上三下五，如"更长门、翠辇辞金阙"。这样的句法是词体所特有的。

（六）虚字：将意象或意群粘连起来的是虚字，如任、看、正、乍、怕、总、问、爱、奈、以、但、料、想、更、算、见、怅、早、尽、嗟、凭、叹、将、应、若、莫、念、共、甚。它们或作领字或表示词意转折。词中善用虚字，可使意脉贯串，词意空灵，摇曳多姿。柳永的《八声甘州》一词中使用了"对""渐""叹""想"等虚字，体现了谨严的章法，成为典范之作。

（七）对偶：词中用对偶之处，词谱未作说明。作者须参考词谱所录范作，注意辨识对偶之处。凡宜用对偶之句，遵照一般对仗规则即可。

（八）修改：初稿写成后，比照词谱核对，凡不合声韵之处必须改动；检查有无重复的字和词语，尽可能调换重复的字；表情达意不恰当之处，重新改写或调整；某些词语显得粗糙、俗气、生硬，须斟酌改动，修饰润色。

初学者应严守规范的方法，待到熟练时便可获得创作的自由了。

［练习］

从本教程附录词谱中选择十调，每调按谱并遵法作一词，经修改后请人审阅评定，以检验是否掌握了词律。

〔附录〕

词 韵

南宋词人朱敦儒曾拟《词韵》十六条,兹据朱氏词集《樵歌》将其所拟之《词韵》复原,参照《佩文诗韵释要》按十六部分别列出常用韵字,以供填词用韵参考。

第一部

平声　东冬

东　同　铜　桐　筒　童　僮　瞳　中　衷　忠　虫　冲　终
戎　崇　嵩　弓　躬　宫　融　雄　熊　穹　穷　风　枫　丰
充　隆　空　公　功　工　攻　蒙　濛　笼　聋　珑　洪　红
鸿　虹　丛　翁　葱　聪　骢　通　蓬　烘　胧　曚　峒　瞳
仲　崧　菶　逢　朦　绒　冬　农　宗　钟　龙　春　松　冲
容　蓉　庸　封　胸　雍　浓　重　从　缝　踪　茸　峰　蜂
锋　烽　蛩　笻　慵　恭　供　琮　惊　淙　侬　凶　溶　秾

邕 纵 龚 匈 汹 肜 橦

仄声　董肿　送宋

董 动 孔 总 笼 桶 空 洞 懂 种 踵 宠 陇 垄
拥 壅 冗 重 冢 奉 捧 勇 涌 俑 恐 拱 蛬 倲
送 梦 凤 众 弄 贡 冻 痛 栋 仲 中 讽 恸 控
哄 哄 宋 用 颂 诵 统 讼 综 俸 共 供

第二部

平声　江阳

江 杠 扛 窗 邦 缸 降 双 庞 撞 幢 桩 淙 阳
杨 扬 香 乡 光 昌 堂 章 张 王 房 芳 长 塘
妆 常 凉 霜 藏 场 央 泱 鸯 秧 孀 狼 床 方
浆 舫 梁 娘 庄 黄 仓 皇 装 襄 相 湘 缃 箱
厢 创 忘 芒 望 尝 樯 枪 坊 郎 唐 狂 强 肠
康 冈 苍 匡 荒 遑 行 妨 棠 翔 良 航 倡 羌
姜 僵 缰 疆 粮 将 墙 桑 刚 祥 详 洋 徉 粱
量 羊 伤 汤 彰 璋 铓 商 防 筐 煌 篁 凰 徨
惶 廊 浪 沧 纲 亢 钢 丧 簧 忙 茫 傍 汪 藏
琅 当 珰 裳 昂 障 锵 杭 邙 滂 蛩 亡 殃 芗
孀 彷

仄声　讲养绛漾

讲	港	棒	蚌	项	养	痒	快	像	象	仰	朗	奖	桨
敞	昶	氅	枉	沆	放	仿	两	帑	说	杖	响	掌	党
想	榜	爽	广	享	丈	仗	幌	晃	莽	漭	纺	攘	盎
长	上	网	荡	赏	往	冈	滉	抢	厂	慷	响	绛	降
巷	撞	嶂	漾	望	相	将	状	帐	浪	唱	让	旷	壮
向	畅	量	葬	匠	谤	尚	涨	饷	样	访	贶	酱	抗
当	纩	谅	亮	妄	丧	怅	忼	忘	恙	行	广	恨	炕

第三部

平声　支微齐

支	枝	移	为	垂	吹	陂	碑	奇	宜	仪	皮	儿	离
施	知	驰	池	规	危	夷	师	资	迟	眉	悲	之	芝
时	诗	旗	辞	词	期	祠	基	疑	姬	丝	司	帷	思
滋	持	随	痴	维	墀	慈	遗	肌	篱	兹	骑	歧	谁
斯	私	欺	羁	饥	衰	锥	涯	伊	追	尼	漪	漓	池
微	薇	晖	徽	挥	翚	韦	围	违	霏	菲	妃	绯	飞
非	扉	肥	威	祈	机	几	讥	矶	稀	希	衣	依	归
齐	黎	犁	妻	萋	凄	悽	题	提	黂	蹄	啼	鸡	兮
奚	蹊	霓	西	栖	嘶	撕	梯	鼙	批	迷	泥	溪	圭

闺　畦

仄声　纸尾荠寘未霁

纸	只	咫	是	氏	靡	彼	毁	委	诡	髓	妓	绮	咀
此	徙	屣	尔	迩	婢	弛	紫	箠	企	旨	指	视	美
否	几	姊	比	轨	水	止	市	喜	己	纪	跬	技	子
梓	矢	死	履	垒	洧	芷	以	已	似	祀	史	使	驶
耳	里	理	李	起	士	仕	始	峙	矣	拟	耻	址	你
尾	鬼	苇	卉	亹	伟	斐	岂	匪	荠	礼	米	启	洗
底	抵	弟	递	涕	寘	置	地	意	志	治	思	泪
吏	赐	字	义	利	器	位	至	次	累	伪	寺	瑞	智
记	异	致	备	翠	试	类	弃	易	坠	醉	议	避	帜
粹	侍	谊	寄	睡	忌	贰	二	臂	四	骥	刺	识
寐	邃	食	积	被	芰	冀	愧	秘	渍	穄	示	自	莉
譬	值	未	味	气	贵	费	畏	慰	蔚	魏	纬	讳	毅
既	暨	诽	霁	制	计	势	世	丽	岁	卫	济	第	艺
惠	慧	桂	滞	际	厉	契	帝	蔽	敝	锐	戾	袂	系
祭	闭	逝	缀	替	砌	细	婿	例	誓	蕙	诣	瘗	继
憩	逮

第四部

平声　鱼虞

鱼	渔	初	书	舒	居	裾	车	渠	余	予	誉	舆	馀
胥	锄	疏	梳	虚	徐	间	诸	除	如	墟	与	於	沮
祛	淤	妤	纡	踌	屠	歔	虑	虞	愚	娱	隅	无	芜
巫	于	盂	耀	儒	濡	襦	须	株	诛	蛛	殊	瑜	榆
腴	愉	谀	区	驱	躯	朱	珠	趋	扶	符	雏	夫	肤
纡	输	枢	厨	俱	驹	模	胡	湖	瑚	乎	壶	狐	孤
辜	姑	徒	途	涂	图	奴	呼	吾	梧	吴	租	卢	芦
苏	酥	乌	汙	枯	粗	都	铺	诬	竽	呼	瞿	需	逾
黄	臾	渝	迂	姝	蹰	糊	沽	垆	毋	句

仄声　语麌御遇

语	吕	侣	旅	杼	仵	与	渚	煮	汝	茹	暑	黍	鼠
杵	处	女	许	拒	距	炬	所	楚	础	阻	沮	举	叙
序	绪	屿	墅	著	巨	讵	去	雨	羽	禹	宇	舞	父
户	树	煦	努	肚	妩	乳	补	鲁	睹	腐	数	簿	姥
普	侮	五	斧	聚	伍	午	部	柱	矩	武	苦	取	主
杜	祖	堵	愈	父	俯	估	怒	浒	梠	赌	御	取	曙
助	絮	麝	恕	庶	预	除

第五部

平声　佳灰

佳 街 鞋 牌 柴 钗 差 阶 偕 谐 排 乖 怀 淮
埋 斋 皆 槐 灰 恢 隈 回 徊 枚 梅 媒 煤 瑰
雷 催 摧 堆 陪 杯 推 开 哀 埃 台 苔 该 才
材 财 裁 来 莱 栽 哉 灾 猜 胎 腮 孩 莓 崔
裴 培 皑

仄声　蟹贿泰卦队

蟹 解 骇 买 楷 骏 矮 贿 悔 改 采 彩 海 在
宰 载 恺 待 怠 殆 倍 猥 隗 块 蕾 俖 欸 每
乃 泰 会 带 外 盖 大 赖 蔡 害 最 贝 艾 奈
绘 脍 侩 太 汰 霈 蜕 酹 狈 挂 懈 卖 派 债
怪 坏 戒 界 介 拜 辈 佩 迈 代 败 稗 晒 湃 祭
喟 队 内 塞 爱 昧 卦 戴 贷 退 碎 态 背 秒 菜
对 废 海 晦 昩 悖 暧 在 再 配 妹 黛 逮 岱 肺
慨 绩 赛 耐 悖 暧

第六部

平声　真文元侵

真　因　茵　辛　新　薪　晨　辰　臣　人　仁　神　亲　申
伸　绅　身　宾　滨　邻　麟　珍　尘　陈　春　津　秦　频
蘋　辇　银　垠　筠　巾　民　贫　淳　莼　纯　唇　伦　轮
沦　匀　旬　巡　驯　钧　均　臻　姻　宸　寅　嫔　彬　敛
遵　循　甄　椿　询　莘　屯　粼　濒　湮　氲　文　闻　纹
云　氛　分　纷　芬　焚　坟　群　裙　君　军　勤　斤　勋
薰　荤　耘　芸　氲　员　欣　芹　殷　昕　雯　元　原　源
园　垣　烦　繁　蕃　樊　翻　喧　萱　喧　冤　言　轩　藩
魂　浑　裈　温　孙　门　尊　存　敦　屯　村　盆　奔　论
坤　昏　婚　痕　根　恩　吞　媛　援　爰　蘩　幡　番　骞
鸳　宛　掀　昆　扪　荪　抡　蕴　喷　侵　寻　林　霖　临
针　箴　斟　沉　砧　深　淫　心　琴　禽　擒　钦　衾　吟
今　金　音　阴　岑　簪　琳　任　憎　森　参　芩　淋

仄声　轸吻阮寝震问愿沁

轸　敏　允　引　尹　尽　忍　准　隼　笋　盾　悯　泯　菌
诊　哂　赈　窘　蜃　殒　蠢　紧　吮　吻　粉　愤　隐　谨
近　槿　阮　远　本　晚　返　苑　反　损　饭　偃　堰　衮

遁 稳 畹 很 垦 混 沌 棍 寝 饮 锦 品 枕
审 甚 廪 衽 稔 恳 沈 凛 懔 荏 恁 婶 震 信
印 进 润 阵 镇 刃 顺 慎 鬓 晋 骏 闰 峻 振
俊 舜 吝 烬 讯 仞 殡 迅 瞬 谨 殉 觐 摈 仅
认 衬 瑾 趁 汛 躏 引 问 运 韵 训 忿 郡
分 紾 汶 愠 愿 恨 寸 困 顿 钝 闷 逊 嫩 沁
禁 任 荫 浸 鸩 枕 衽 噀

第七部

平声　寒删先覃盐咸

寒 韩 翰 丹 殚 单 安 难 餐 滩 坛 檀 弹 残
干 肝 竿 阑 栏 澜 兰 看 刊 丸 桓 纨 端 湍
酸 团 官 观 冠 鸾 峦 欢 宽 盘 蟠 漫 汗
叹 掀 姗 珊 玕 妍 棺 钻 瘝 瞒 潘 拦 完 般
曼 禅 删 潸 关 弯 湾 还 环 鬟 寰 班 斑 颁
般 蛮 颜 攀 顽 山 闲 艰 悭 潺 斓 先 前 千
阡 笺 天 坚 肩 贤 弦 烟 燕 怜 田 填 钿 年
巅 牵 妍 研 眠 渊 涓 边 编 玄 悬 泉 迁 仙
鲜 钱 煎 然 延 筵 毡 蝉 缠 连 联 涟 篇 偏
绵 全 宣 镌 穿 川 缘 鸢 铅 捐 旋 船 鞭 专
乾 权 拳 传 焉 芊 溅 咽 阗 鹃 翩 扁 婵 嫣

棉 覃 潭 昙 参 南 枏 谙 含 涵 函 岚 蚕
探 贪 眈 湛 龛 堪 谈 甘 三 酣 篮 柑 惭 蓝
担 泔 憨 婪 暗 庵 颔 澹 盐 檐 廉 帘 嫌 严
占 髯 谦 衾 纤 瞻 蟾 粘 淹 箝 甜 恬 拈 黔
铃 厌 沾 咸 缄 逸 衔 馋 婪 帆 衫 杉 监 凡
喃 嵌 掺 搀

仄声 旱潜铣感俭赚翰谏霰勘艳陷

旱 暖 管 满 短 馆 缓 碗 款 懒 散 伴 诞 罕
断 瀚 侃 但 坦 祖 悍 憨 潜 眼 简 版 产 限
绾 划 柬 拣 铣 善 遣 浅 典 转 衍 犬 选 冕
辇 免 展 茧 辩 辨 篆 勉 剪 卷 显 践 饯 晚
喘 藓 软 栈 扁 闸 鲜 辫 件 畎 忝 湎 撰
宴 感 览 胆 澹 坎 惨 敢 苔 撼 毯 檠 菡 俭
焰 敛 险 检 脸 染 掩 点 篡 贬 冉 苒 陕 谄
奄 渐 玷 潋 闪 歉 槛 范 减 犯 斩 黯 喊 滥
翰 岸 汉 难 断 乱 散 畔 旦 玩 算 烂 贯 半
案 按 炭 汗 赞 漫 窜 幔 粲 换 唤 惮 段 判
叛 腕 绊 谏 雁 患 涧 宦 办 盼 惯 串 绽 幻
瓣 扮 霰 殿 面 县 变 箭 战 扇 见 砚 院 练 钏
宴 掾 甸 便 卷 线 倦 羡 堰 奠 遍 恋 啭 暗
蒨 倩 拼 片 谚 颤 擅 淀 茜 溅 栋 勘 陷

瞰　暂　艳　念　验　店　垫　欠　酽　砭　餍　陷　鑑　监
汎　梵　忏　站　欠

第八部

平声　萧肴豪

萧　箫　挑　貂　刁　凋　雕　迢　条　蜩　苕　调　枭　浇
聊　辽　寥　撩　僚　寮　尧　幺　宵　消　霄　绡　销　超
朝　潮　嚣　樵　谯　骄　娇　焦　蕉　椒　饶　桡　烧　遥
姚　摇　谣　瑶　韶　昭　招　飚　标　瓢　苗　描　腰　邀
鸮　乔　桥　妖　夭　漂　飘　翘　飙　潇　摽　逍　肴　巢
交　郊　茅　嘲　钞　包　胶　苞　梢　蛟　敲　胞　抛　鲛
捎　浇　教　姣　豪　毫　操　条　刀　萄　褒　挑　糟　袍
蒿　涛　号　陶　翱　敖　曹　遭　篙　羔　高　嘈　搔　毛
滔　骚　韬　膏　牢　逃　槽　濠　劳　洮　叨　熬　淘

仄声　筱巧皓啸效号

筱　小　表　鸟　了　晓　少　扰　绕　娆　绍　杪　秒　沼
矫　蓼　皎　瞭　杳　窅　窈　嫋　窕　掉　缥　巧　饱　卯
狡　爪　搅　绞　拗　佼　炒　皓　宝　藻　早　枣　老　好
道　稻　造　脑　恼　倒　祷　捣　抱　讨　考　燥　扫　嫂
槁　潦　葆　保　堡　草　浩　颢　皂　袄　澡　昊　缟　啸

笑 照 庙 妙 诏 召 要 耀 钓 吊 叫 少 眺 料
肖 效 教 貌 校 孝 闹 淖 豹 爆 罩 觉 号 帽
报 导 盗 噪 灶 奥 告 诰 暴 好 到 蹈 傲 躁
造 冒 悼 倒 懊 靠

第九部

平声 歌

歌 多 罗 河 戈 阿 和 波 科 柯 娥 蛾 鹅 萝
荷 何 过 磨 螺 禾 窠 哥 娑 沱 峨 那 苛 诃
珂 轲 莎 蓑 梭 婆 摩 魔 讹 坡 酡 俄 哦 呵
么 涡 窝 磋 跎 蹉

仄声 哿个

哿 火 舸 嚲 沱 我 娜 可 坷 左 果 裹 朵 锁
琐 堕 埵 惰 妥 坐 裸 跛 颇 叵 祸 夥 颗 个
贺 佐 作 坷 驮 大 饿 过 和 挫 课 播 唾 座
坐 破 卧 货 涴 左

第十部

平声 麻

麻 花 霞 家 茶 华 沙 车 牙 蛇 瓜 斜 邪 芽

嘉 瑕 纱 鸦 遮 叉 苴 奢 琶 衙 赊 夸 巴 加
耶 嗟 遐 笳 差 蛙 哗 虾 葭 呀 枷 爬 杷 爷
芭 娃 哇 洼 丫 袈 些 桠 杈 笆

仄声　马祃

马 下 者 野 雅 瓦 寡 社 写 泻 夏 冶 也 把
贾 假 赭 厦 惹 若 姐 哑 舍 且 妊 祃 驾 夜
谢 榭 罢 暇 霸 嫁 借 藉 炙 蔗 化 舍 价 射
骂 稼 架 诈 亚 娅 麝 跨 咤 怕 讶 诧 蜡 帕
柘 卸 砑 乍 坝

第十一部

平声　庚青蒸

庚 更 羹 坑 横 棚 亨 英 烹 平 评 京 惊 荆
明 盟 鸣 荣 莹 兵 兄 卿 生 甥 笙 鲮 鲸 迎
行 衡 耕 萌 氓 宏 茎 莺 樱 泓 橙 争 筝 清
情 晴 精 菁 晶 旌 盈 楹 瀛 赢 营 婴 缨 贞
成 盛 城 诚 呈 程 醒 声 正 轻 名 令 并 倾
萦 琼 苹 蘅 丁 嵘 嘤 铮 怦 绷 轰 訇 顶 青
经 泾 形 刑 型 陉 亭 庭 廷 霆 停 宁 玎 仃
馨 星 腥 醒 惺 傅 娉 灵 楧 龄 铃 苓 伶 冷

零 玲 舲 翎 聆 听 厅 瓶 屏 萍 荧 萤 扃 町
暝 蒸 承 丞 惩 陵 凌 绫 冰 膺 鹰 应 绳 乘
塍 升 胜 兴 缯 恁 仍 兢 矜 征 凝 称 登 灯
僧 增 曾 憎 层 能 棱 朋 鹏

仄声　梗迥敬径

梗 影 景 井 岭 领 境 警 请 屏 饼 永 骋 逞
颖 顷 整 静 省 幸 颈 猛 炳 杏 哽 绠 秉 耿
憬 靓 冷 靖 迥 炯 茗 挺 艇 到 鼎 顶 肯 拯
敬 命 正 令 政 性 镜 盛 行 圣 咏 姓 庆 映
病 柄 郑 劲 竞 净 竟 迸 聘 泳 请 倩 硬 更
径 定 磬 媵 赠 佞 馨 剩

第十二部

平声　尤

尤 优 忧 流 留 刘 由 油 游 猷 悠 牛 修 羞
秋 楸 周 州 洲 舟 酬 仇 柔 畴 筹 稠 邱 抽
收 遒 鸠 不 愁 休 囚 求 裘 毬 浮 谋 牟 眸
俦 矛 侯 猴 喉 讴 鸥 瓯 楼 偷 头 投 钩 沟
幽 绸 犹 酋 蹂 揉 搜 掐 裯 述 篌 欧 惆 缪

221

仄声　有宥

有	酒	首	手	口	柳	友	斗	狗	久	厚	走	守
绶	叟	又	否	丑	受	牖	耦	阜	九	咎	吼	帚	垢
舅	纽	藕	朽	肘	韭	剖	诱	酉	扣	瓿	苟	某	玖
浏	寿	宥	候	就	授	售	秀	绣	奏	兽	斗	漏	陋
昼	寇	茂	旧	胄	宙	袖	岫	柚	覆	救	臭	幼	佑
祐	右	侑	廼	豆	逗	构	媾	购	透	瘦	漱	咒	镂
走	诟	究	凑	骤	首	皱

第十三部

入声　屋沃

屋	木	竹	目	服	福	禄	谷	熟	肉	族	鹿	腹	菊
陆	轴	逐	牧	伏	宿	读	縠	复	粥	肃	育	六	沐	缩
哭	幅	斛	仆	畜	蓄	叔	淑	菽	独	卜	辐	瀑	竺	速
祝	麓	蹙	筑	穆	睦	覆	秃	穀	扑	瀑	髑	纛	簇
暴	掬	鞠	郁	蠹	塾	朴	蹴	碌	舳	夙	髑	毒	孰	沃
俗	玉	足	曲	粟	烛	属	录	辱	狱	绿	局	欲
束	鹄	蜀	促	触	续	督	赎	笃	浴	酷	缛	躅	褥
旭	欲	幞	跼	醁	渌

第十四部

入声　觉药

觉	角	珏	榷	岳	乐	捉	朔	数	卓	诼	剥	驳	邈
璞	确	浊	擢	濯	幄	药	握	渥	荤	学	幕	薄	恶	略
作	落	阁	鹤	爵	弱	约	脚	雀	幕	洛	壑	索	郭
博	错	若	缚	酌	托	削	铎	灼	凿	却	搏	络	鹊	度
诺	萼	橐	漠	钥	著	虐	掠	获	泊	搏	锷	杓	勺
谑	廓	绰	烁	莫	箨	铄	谔	恪	箔	涸	鹗	粕	礴
拓	昨	摸	寞	瘼	箬	魄	噩	各					

第十五部

入声　质陌锡职缉

质	日	笔	出	室	实	疾	术	一	乙	吉	密	率	律
逸	佚	失	漆	栗	毕	恤	蜜	桔	溢	瑟	匹	黜	弼
七	叱	卒	悉	轶	帙	戌	昵	必	苾	蟀	嫉	唧	苣
汩	昵	陌	石	客	白	泽	伯	迹	宅	席	策	碧	籍
格	役	帛	璧	驿	麦	额	柏	魄	积	脉	夕	液	册
尺	隙	逆	百	辟	赤	易	革	脊	屐	适	帻	剧	碛
隔	益	窄	核	鸟	掷	责	惜	僻	癖	披	释	拍	择
摘	绎	斥	奕	迫	疫	译	昔	瘠	谪	藉	亦	只	珀

皙　职　贼　特　辑　袭　揖
析　阒　黑　臆　缉　什　泣
寂　嫡　北　亿　稽　拾　裛
激　惕　泪　得　匿　或　十　茸
橄　愓　汨　直　织　实　给　汲
滴　沥　息　默　抑　恻　习　吸
敌　吃　极　棘　测　湿　执
笛　的　墨　植　即　泣　笠
绩　洗　翼　植　即　入　汁
击　戚　力　域　克　急　揖
历　获　色　式　逼　邑　粒
汐　狄　食　塞　识　集　涩
擘　觅　德　则　仄　立　级
借　溺　国　刻　愿　戢　及　把

第十六部

入声　物月曷黠屑合叶洽

物　佛　拂　屈　郁　乞　掘　弗　佛　勿　熨　厥　迄　屹
尉　月　骨　发　阙　越　没　谒　伐　卒　竭　窟　笏　歇
突　忽　袜　蹶　勃　厥　殁　粤　兀　碣　羯　惚　扤　曰
曷　达　末　阔　活　脱　夺　褐　割　沫　拔　葛　囮　渴
拨　括　抹　秣　遏　萨　掇　喝　刺　辣　泼　越　黠　札
八　察　杀　刹　轧　戛　秸　苴　刮　刷　滑　屑　节　雪
绝　列　烈　结　说　穴　血　舌　洁　别　缺　裂　热　决
铁　灭　折　拙　切　悦　辙　诀　泄　咽　杰　彻　别　哲
设　劣　碣　窃　缀　阅　鴂　契　涅　撅　撤　跌　蔑　浙
汹　揭　阏　迭　洌　合　塔　答　纳　楪　阁　杂　腊　蜡

猎 接 牒 贴 帖 叶 盍 搭 飒 踏 鸽 衲 阖 匝
惬 荚 狭 侠 协 摄 楫 捷 颊 涉 箧 叠 蝶 妾
峡 狭 袷 洽 霎 婕 捻 摺 裥 接 屧 挟 蹀 睫
掐 掐 狎 押 胁 劫 怯 乏 压 鸭 匣 业 甲 法
        眨 呷   恰 夹

词　谱

　　本谱从清代王奕清等编纂的《词谱》选列四十个常用词调，注明每调的字数、韵数，以〇标志平声，以●标志仄声，其可平可仄者则不标出。本谱供初学者使用，故每调只列正体，不列别体。

忆江南

〔单调，二十七字。五句，三平韵。〕

白居易

江南好_句风景旧曾谙_韵日出山花红胜火_句春来江水绿如
〇　●　　●　●　〇　　●　　〇　●　　〇　●　●
蓝_韵能不忆江南_韵
〇　　〇　●　●　〇

　　宋人用此调时多改为双调，即重复一叠，声韵全同。此调又名《望江南》。

南乡子

〔双调，五十六字。前后段各五句，四平韵。〕

冯延巳

细雨湿流光韵 芳草年年与恨长韵 回首凤楼无限事句 茫茫韵 鸾镜鸳衾两断肠韵 魂梦任悠扬韵 睡起杨花满绣床韵 薄幸不来门半掩句 斜阳韵 负你残春泪几行韵

忆王孙

〔单调 三十一字。五句，五平韵。〕

秦 观

萋萋芳草忆王孙韵 柳外楼高空断魂韵 杜宇声声不忍闻韵 欲黄昏韵 雨打梨花深闭门韵

如梦令

〔单调，三十三字。七句，五仄韵，一叠韵。〕

后唐庄宗

曾宴桃源深洞韵 一曲舞鸾歌凤韵 长记别伊时句 和泪出门相送韵 如梦韵 如梦叠 残月落花烟重韵

苏轼《如梦令》词自注："此曲本唐庄宗制，名《忆仙姿》，嫌其名不雅，故改为《如梦令》。庄宗作此词，卒章云：'如梦，如梦，和泪出门相送。'因取以为名云。"

诉衷情

〔双调，四十一字。前段五句，四平韵；后段四句，四平韵。〕

毛文锡

桃花流水漾纵横㈻春昼彩霞明㈻刘郎去㈢阮郎行㈻惆怅恨难平㈻　愁坐对云屏㈻算归程㈻何时携手洞边迎㈻诉衷情㈻

长相思

〔双调，三十六字。前后段各四句，三平韵，一叠韵。〕

白居易

汴水流㈻泗水流㈻流到瓜州古渡头㈻吴山点点愁㈻　思悠悠㈻恨悠悠㈻恨到归时方始休㈻月明人倚楼㈻

浣溪沙

〔双调，四十二字。前段三句，三平韵；后段三句，两平韵。〕

韩偓

宿醉离愁慢髻鬟㈻六铢衣薄惹轻寒㈻慵红闷翠掩青鸾㈻　罗袜况兼金菡萏㈢雪肌仍是玉琅玕㈻骨香腰细更沉檀㈻

菩萨蛮

〔双调，四十四字。前后段各四句，两仄韵，两平韵。〕

李 白

平林漠漠烟如织仄韵寒山一带伤心碧韵暝色入高楼平韵有人楼上愁韵　玉阶空伫立换仄韵宿鸟归飞急韵何处是归程换平韵长亭更短亭韵

西江月

〔双调，五十字。前后段各四句，两平韵，一协韵。〕

柳 永

凤额绣帘高卷句兽环朱户频摇韵两竿红日上花梢韵春睡恹恹难觉协　好梦枉随飞絮句闲愁浓胜香醪协不成雨暮与云朝韵又是韶光过了协

此调又名《步虚词》《江月令》。每片最末句脚，系用同韵部的仄声韵相协。

浪淘沙

〔双调，五十四字。前后段各五句，四平韵。〕

李　煜

帘外雨潺潺_韵 春意阑珊_韵 罗衾不耐五更寒_韵 梦里不知身是客_句 一晌贪欢_韵　独自莫凭阑_韵 无限江山_韵 别时容易见时难_韵 流水落花春去也_句 天上人间_韵

此调又名《卖花声》。

玉楼春

〔双调，五十六字。前后段各四句，三仄韵。〕

顾　敻

拂水双飞来去燕_韵 曲槛小屏山六扇_韵 春愁凝思结眉心_句 绿绮懒调红锦荐_韵　话别多情声欲战_韵 玉箸痕留红粉面_韵 镇长独立到黄昏_句 却怕良宵频梦见_韵

宋人又将此调名《木兰花》。

鹧鸪天

〔双调,五十五字。前段四句,三平韵;后段五句,三平韵。〕

晏几道

彩袖殷勤捧玉钟_韵当年拚却醉颜红_韵舞低杨柳楼心月_句歌尽桃花扇底风_韵　从别后_句忆相逢_韵几回魂梦与君同_韵今宵剩把银釭照_句犹恐相逢是梦中_韵

此调又名《思越人》《思佳客》。

蝶恋花

〔双调,六十字。前后段各五句,四仄韵。〕

冯延巳

六曲阑干偎碧树_韵杨柳风轻_句展尽黄金缕_韵谁把钿筝移玉柱_韵穿帘海燕双飞去_韵　满眼游丝兼落絮_韵红杏开时_句一霎清明雨_韵浓睡觉来莺乱语_韵惊残好梦无寻处_韵

此调又名《鹊踏枝》《凤栖梧》。

虞美人

〔双调,五十六字。前后段各四句,两仄韵,两平韵。〕

李 煜

风回小院庭芜绿仄韵柳眼春相续韵凭阑半日独无言平韵依旧竹声新月读似当年韵　笙歌未散尊罍在换仄韵池面冰初解韵烛明香暗画阑深换平韵满鬓清霜残雪读思难禁韵

临江仙

〔双调,六十字。前后段各五句,三平韵。〕

贺 铸

巧剪合欢罗胜子句钗头春意翾翾韵艳歌浅笑拜嫣然韵愿郎宜此酒句行乐驻华年韵　未至文园多病客句幽襟凄断堪怜韵旧游梦挂碧云边韵人归落雁后句思发在花前韵

江城子

〔双调,七十字。前后段各七句,五平韵。〕

苏 轼

凤凰山下雨初晴韵水风清韵晚霞明韵一朵芙蕖读开过尚盈盈韵何处飞来双白鹭句如有意句慕娉婷　忽闻江上弄哀筝韵

苦含情㊙遣谁听㊙烟敛云收读依约是湘灵㊙欲待曲终寻问取㊓人不见㊓数峰青㊙

此调又名《江神子》。

卜算子

〔双调，四十四字。前后段各四句，两仄韵。〕

苏 轼

缺月挂疏桐㊓漏断人初静㊙时见幽人独往来㊓缥缈孤鸿影㊙ 惊起却回头㊓有恨无人省㊙拣尽寒枝不肯栖㊓寂寞沙洲冷㊙

清平乐

〔双调，四十六字。前段四句，四仄韵；后段四句，三平韵。〕

晏 殊

金风细细㊙叶叶梧桐坠㊙绿酒初尝人易醉㊙一枕小窗浓睡㊙ 紫薇朱槿花残㊙斜阳却照阑干㊙双燕欲归时节㊓银屏昨夜微寒㊙。

忆秦娥

〔双调，四十六字。前后段各五句，三仄韵，一叠韵。〕

李　白

箫声咽韵秦娥梦断秦楼月韵秦楼月叠年年柳色句灞陵伤别韵

乐游原上清秋节韵咸阳古道音尘绝韵音尘绝叠西风残照句汉家陵阙韵

踏莎行

〔双调，五十八字。前后段各五句，三仄韵。〕

晏　殊

细草愁烟句幽花怯露韵凭阑总是销魂处韵日高深院静无人句时时海燕双飞去韵　带缓罗衣句香残蕙炷韵天长不禁迢迢路韵垂杨只解惹春风句何曾系得行人住韵

青玉案

〔双调，六十七字。前后段各六句，五仄韵。〕

贺　铸

凌波不过横塘路韵但目送读芳尘去韵锦瑟年华谁与度韵月楼花院句绮窗朱户句惟有春知处韵　碧云冉冉蘅皋暮韵彩笔

新题断肠句韵 试问闲愁知几许韵 一川烟草句 满城风絮韵 梅子黄时雨韵

千秋岁

〔双调，七十一字。前后段各八句，五仄韵。〕

秦　观

柳边沙外韵 城郭轻寒退韵 花影乱句 莺声碎韵 飘零疏酒盏句 离别宽衣带韵 人不见句 碧云暮合空相对韵　忆昔西池会韵 鹓鹭同飞盖韵 携手处句 今谁在韵 日边清梦断句 镜里朱颜改韵 春去也句 落红万点愁如海韵

风入松

〔双调，七十六字。前后段各六句，四平韵。〕

吴文英

听风听雨过清明韵 愁草瘗花铭韵 楼前绿暗分携路句 一丝柳读 一寸柔情韵 料峭春寒中酒句 交加晓梦啼莺韵　西园日日扫林亭韵 依旧赏新晴韵 黄蜂频扑秋千索句 有当时读 纤手香凝韵 惆怅双鸳不到韵 幽阶一夜苔生韵

江城梅花引

〔双调,八十八字。前段八句,四平韵,一叠韵。后段十一句,六平韵,一叠韵。〕

蒋 捷

白鸥问我泊孤舟韵 是身留韵 是心留叠 心若留时句 何事锁眉头韵 风拍小帘灯晕舞句 对闲影句 冷清清读 忆旧游韵 忆旧游叠 旧游今在不韵 花外楼韵 柳下舟韵 梦也梦也句 梦不到读 寒水空流韵 漠漠黄云句 湿透木棉裘韵 都道无人愁似我句 今夜雪句 有梅花读 似我愁韵

满江红

〔双调,九十三字。前段八句,四仄韵;后段十句,五仄韵。〕

柳 永

暮雨初收句 长川静读 征帆夜落韵 临岛屿读 蓼烟疏淡句 苇风萧索韵 几许渔人横短艇句 尽将灯火归村落韵 遣行客读 当此念回程句 伤漂泊韵 桐江好句 烟漠漠韵 波似染句 山如削韵 绕严陵滩畔句 鹭飞鱼跃韵 游宦区区成底事句 平生况有云泉约韵 归去来读 一曲仲宣吟句 从军乐韵

水调歌头

〔双调,九十五字。前段九句,四平韵;后段十句,四平韵。〕

苏　轼

明月几时有㈠把酒问青天㈻不知天上宫阙㈠今夕是何年㈻我欲乘风归去㈠又恐琼楼玉宇㈠高处不胜寒㈻起舞弄清影㈠何似在人间㈻　转朱阁㈠低绮户㈠照无眠㈻不应有恨㈠何事长向别时圆㈻人有悲欢离合㈠月有阴晴圆缺㈠此事古难全㈻但愿人长久㈠千里共婵娟㈻

满庭芳

〔双调,九十五字。前后段各十句,四平韵。〕

晏几道

南苑吹花㈠西楼题叶㈠故园欢事重重㈻凭阑秋思㈠闲记旧相逢㈻几处歌云梦雨㈠可怜便(读)流水西东㈻别来久㈠浅情未有㈠锦字系征鸿㈻　年光还少味㈠开残槛菊㈠落尽溪桐㈻漫留得㈠尊前淡月西风㈻此恨谁堪共说㈠清愁付(读)绿酒杯中㈻佳期在㈠归时待把㈠香袖看啼红㈻

汉宫春

〔双调，九十六字。前后段各九句，四平韵。〕

晁冲之

黯黯离怀句向东门系马句南浦移舟韵薰风乱飞燕子句时下轻鸥韵无情渭水问问谁教读日日东流韵常是送读行人去后句烟波一向离愁韵　回首旧游如梦句记踏青携饮句拾翠狂游韵无端彩云易散句覆水难收韵风流未老句拚千金读重入扬州韵应又是读当年载酒句依前名占青楼韵

八声甘州

〔双调，九十七字。前后段各九句，四平韵。〕

柳　永

对潇潇暮雨洒江天句一番洗清秋韵渐霜风凄紧句关河冷落句残照当楼韵是处红衰翠减句苒苒物华休韵惟有长江水句无语东流韵　不忍登高临远句望故乡渺邈句归思难收韵叹年来踪迹句何事苦淹留韵想佳人读妆楼颙望句误几回读天际识归舟韵争知我读倚阑干处句正恁凝愁韵

暗 香

〔双调，九十七字。前段九句，五仄韵；后段十句，七仄韵。〕

姜 夔

旧时月色韵 算几番照我句 梅边吹笛韵 唤起玉人句 不管清寒与攀摘韵 何逊而今渐老句 都忘却读 春风词笔韵 但怪得读 竹外疏花句 香冷入瑶席韵　江国韵 正寂寂韵 叹寄与路遥句 夜雪初积韵 翠尊易泣韵 红萼无言耿相忆韵 长记曾携手处句 千树压读 西湖寒碧韵 又片片读 吹尽也句 几时见得韵

南宋词人姜夔自度曲，为咏梅而作。张炎以此调咏荷花，更名《红情》。用入声韵。

声声慢

〔双调，九十七字。前段九句，五仄韵；后段八句，五仄韵。〕

李清照

寻寻觅觅韵 冷冷清清句 凄凄惨惨戚戚韵 乍暖还寒句 时候最难将息韵 三杯两盏淡酒句 怎敌他读 晚来风急韵 雁过也句 正伤心读 却是旧时相识韵　满地黄花堆积韵 憔悴损读 如今有谁堪摘韵 守着窗儿句 独自怎生得黑韵 梧桐更兼细雨句 到黄昏读 点点滴滴韵 这次第句 怎一个读 愁字了得韵

高阳台

〔双调,一百字。前后段各十句,五平韵。〕

张 炎

接叶巢莺句平波卷絮句断桥斜日归船韵能几番游句看花又是明年韵东风且伴蔷薇住句到蔷薇读春已堪怜韵更凄然句万绿西泠句一抹荒烟韵　当年燕子知何处句但苔深韦曲句草暗斜川韵见说新愁句如今也到鸥边韵无心再续笙歌梦句掩重门读浅醉闲眠韵莫开帘句怕见飞花句怕听啼鹃韵

此调又名《庆春泽慢》《庆春宫》。

念奴娇

〔双调,一百字。前后段各十句,四仄韵。〕

苏 轼

凭高眺远句见长空万里句云无留迹韵桂魄飞来光射处句冷浸一天秋碧韵玉宇琼楼句乘鸾来去句人在清凉国韵江山如画句望中烟树历历韵　我醉拍手狂歌句举杯邀月句对影成三客韵起舞徘徊风露下句今夕不知何夕韵便欲乘风句翻然归去句何用骑鹏翼韵水晶宫里句一声吹断横笛韵

此调又名《酹江月》《壶中天慢》《百字令》。

水龙吟

〔双调，一百二字。前段十一句，四仄韵；后段十句，五仄韵。〕

秦　观

小楼连苑横空(句)下窥绣毂雕鞍骤(韵)疏帘半卷(句)单衣初试(句)清明时候(韵)破暖轻风(句)弄晴微雨(句)欲无还有(韵)卖花声过尽(句)斜阳院落(句)红成阵(读)飞鸳甃(韵)　玉佩丁东别后(韵)怅佳期(读)参差难又(韵)名缰利锁(句)天还知道(句)和天也瘦(韵)花下重门(句)柳边深巷(句)不堪回首(韵)念多情(读)但有当时皓月(句)照人依旧(韵)

此调又名《鼓笛慢》《龙吟曲》。

齐天乐

〔双调，一百二字。前段十句，五仄韵；后段十一句，五仄韵。〕

周邦彦

绿芜凋尽台城路(句)殊乡又逢秋晚(韵)暮雨生寒(句)鸣蛩劝织(句)深阁时闻裁剪(韵)云窗静掩(韵)叹重拂罗裀(句)顿疏花簟(韵)尚有练囊(句)露萤清夜照书卷(韵)　荆江留滞最久(句)故人相望处(句)离思何限(韵)渭水西风(句)长安乱叶(句)空忆诗情宛转(韵)凭高望远(韵)正玉液新篘(句)蟹螯初荐(韵)醉倒山翁(句)但愁斜照敛(韵)

永遇乐

〔双调，一百四字。前后段各十一句，四仄韵。〕

苏　轼

明月如霜_句好风如水_句清景无限_韵曲港跳鱼_句圆荷泻露_句寂寞无人见_韵紞如五鼓_句铮然一叶_句黯黯梦云惊断_韵夜茫茫_读重寻无处_句觉来小园行遍_韵　天涯倦客_句山中归路_句望断故园心眼_韵燕子楼空_句佳人何在_句空锁楼中燕_韵古今如梦_句何曾梦觉_句但有旧欢新怨_韵异时对_读南楼夜景_句为余浩叹_韵

解连环

〔双调，一百六字。前段十一句，五仄韵；后段十句，五仄韵。〕

周邦彦

怨怀无托_韵嗟情人断绝_句信音辽邈_韵纵妙手_读能解连环_句似风散雨收_句雾轻云薄_句燕子楼空_句暗尘锁_读一床弦索_韵想移根换叶_句尽是旧时_句手种红药_韵　汀洲渐生杜若_韵料舟依岸曲_句人在天角_韵漫记得_读当日音书_句把闲语闲言_句待总烧却_韵水驿春回_句望寄我_读江南梅萼_韵拚今生_读对花对酒_句为伊泪落_韵

此调又名《望梅》《杏梁燕》。

沁园春

〔双调，一百十四字。前段十三句，四平韵；后段十二句，五平韵。〕

苏　轼

孤馆灯青句野店鸡号句旅枕梦残韵渐月华收练句晨霜耿耿句云山摛锦句朝露漙漙韵世路无穷句劳生有限句似此区区长鲜欢韵微吟罢句凭征鞍无语句往事千端韵　当时共客长安韵似二陆读初来俱少年韵有笔头千字句胸中万卷句致君尧舜句此事何难韵用舍由时句行藏在我句袖手何妨闲处看韵身长健句但优游卒岁句且斗尊前韵

摸鱼儿

〔双调，一百十六字。前段十句，七仄韵；后段十一句，七仄韵。〕

辛弃疾

更能消读几番风雨韵匆匆春又归去韵惜春长怕花开早句何况落红无数韵春且住句见说道读天涯芳草无归路韵怨春不语韵算只有殷勤句画檐蛛网句尽日惹飞絮韵　长门事句准拟佳期又误韵蛾眉曾有人妒韵千金纵买相如赋句脉脉此情谁诉韵君莫舞韵君不见读玉环飞燕皆尘土韵闲愁最苦韵休去倚危阑句斜阳正在句烟柳断肠处韵

此调又名《买陂塘》《山鬼谣》。

贺新郎

〔双调，一百十六字。前后段各十句，六仄韵。〕

叶梦得

睡起流莺语_韵掩苍苔_读房栊向晓_句乱红无数_韵吹尽残花无人见_句惟有垂杨自舞_韵渐暖霭_读初回轻暑_韵宝扇重寻明月影_句暗尘侵_读上有乘鸾女_韵惊旧恨_句遽如许_韵　江南梦断蘅皋渚_韵浪粘天_读蒲萄涨绿_句半空烟雨_韵无限楼前沧波意_句谁采蘋花寄取_韵但怅望_读兰舟容与_韵万里云帆何时到_句送孤鸿_读目断千山阻_韵谁为我_句唱金缕_韵

此调又名《金缕曲》《乳燕飞》《贺新凉》。

尚 论

关于诗词的创作问题

一

诗人将强烈的感受,以咏叹的赞美的和富于音乐性的语言、丰富的想象,浓缩地和艺术化地表达出来,这便产生了诗。古代儒家的《诗大序》说:"诗者,志之所之也。在心为志,发言为诗。情动于中而形于言,言之不足,故嗟叹之,嗟叹之不足,故永歌之,永歌之不足,不知手之舞之,足之蹈之也。"此即强调了诗歌是表现主体的心意和情感。它不同于其他文学体裁的表现方式。在某种意义上,诗是人类生命意识的最美妙的表现,所以能产生巨大的感染力量,并能唤起人们内心的美感,从而引起共鸣。阳春烟景的优美,崇山峻岭的宏伟,国破家亡的悲痛,惊世骇俗的豪放,这些情景是能为普通人感受到的,但只有诗人才能以独特的艺术形式捕捉到瞬间存在的现实感受,并将它转化为艺术的境界。然而伟大的诗人还能达到普通人不可能感知的和认识的思想与艺术的境界。近世学者王国维谈到境界时说:

有诗人之境界，有常人之境界。诗人之境界惟诗人能感之而能写之。故读其诗者亦高举远慕，有遗世之意；而亦有得有不得，且得之者亦各有深浅焉。①

诗人比普通人更具艺术的敏感，容易产生诗意，尤其是能够征服精巧的艺术形式。中国的诗歌以抒情诗为主，重在主体的表现，具有古老而悠久的传统。儒家圣人孔子删订《诗经》，其中最早的作品是公元前1000年左右的诗篇。《诗经》的作品基本上是四言诗，此后在东汉和南北朝以五言诗体为主，同时也存在少数的七言体和杂言体诗。由于佛教文化在东土的盛传，带来了印度音韵学理论，南朝诗人因之建立了"四声""八病"之说，以探究诗歌的声韵格律。唐代初年，经过许多诗人的努力，终于建立了中国诗歌的格律。唐人称之为"近体诗"，以区别于以前的"古体诗"。若从格律的观点来看，古体诗似乎很自由的，但它在章法、句法、字声和用韵等方面仍存在一定的规律。清代王士禛、赵执信和翁方纲等学者对此曾作过探讨，试图为古体定律。"近体"的产生标志着中国诗歌达到古典艺术的高峰，诗歌的形式因建

---

① 王国维：《清真先生遗事》，《王国维遗书》第11册，上海古籍书店，1983年。

立了严密的格律而定型。"近体诗"即中国古典格律诗体，它包括五言律诗、五言绝句、七言律诗、七言绝句、五言排律和七言排律。其格律体现为每种诗体有固定的格式、句式、句数、字声平仄、对偶和用韵的规范。当古典格律诗体艺术成熟之时，因音乐的变革于公元8世纪之初的盛唐时代出现了新的长短句形式的曲子词，此种新体韵文及形式在宋代臻于繁盛。词体用韵较诗韵为宽，格律却较诗体复杂得多。它是以每个词调为单位而自成格律的。词体共有八百余调，每调的格律皆有特殊的、严格的要求。自唐代永隆二年（681）至清代光绪三十一年（1905）的一千二百余年间，凡朝廷科举考试，作诗即是科目之一，这种诗是五言六韵的排律，被称为"试帖诗"。宋以后文人填词是以宋人词调格律为准的。自唐代以来，格律诗体和词体是中国诗歌的基本形式。我们现在所说的"诗词"，或称"旧诗词""传统诗词"和"中华诗词"，主要是指以唐人近体和宋人常用词调为形式规范而创作的诗词。

20世纪初中国掀起的文学革命运动有两个显著的特点：一是提倡白话文，反对传统的文言表达方式；一是提倡从西方移植来的新文学体裁，舍弃传统的民族文学形式。在此文化背景下，传统的文学创作遭到否定与排斥。陈独秀在《文学革命论》里说："际兹文学革命的时代，凡属贵族文学、古典文学、山林文学,均在排斥之列。"① 新文学家们重新评价了中国文学史,胡适在《白话文学史》引子里说:"中国文学史若去掉了白话文学的进化史,就不成中国文学史了,只可叫作'古文传统史'罢了……在那'古文传统史'上作文的只会模仿韩、柳、欧、苏,作诗的只会模仿李、杜、苏、黄:一代模仿一代,人人只想做'肖子肖孙',自然不能代表时代的变迁了。"② 中国传统的诗体和词体被称为旧体诗词,由新诗取代了其文学史地位。新文学运动是非常必要的,不仅文学创作应该采取白话的表述方式,其他理论著作皆应使用现代汉语,只有这样才能使社会意识形态适应现代化的需要,我们的思维方式才能有突破性的进步。然而新文学家们对待文学形式的态度较为轻率,没有冷静地看待民族形式而过于粗暴否定,同时所提倡的新文学形式因缺乏民族文化的根基而难于为民众所接受。虽然新文学成为文学的主流,但其成效却是很不理想的。1940年文学界曾开展了关于民族形式问题的讨论,周扬在《对旧形式利用在文学上的一个看法》里谈到当时的现状:

---

① 胡适:《胡适古典文学研究论集》第34页附录,上海古籍出版社,1988年。
② 胡适:《白话文学史》第3页,岳麓书社,1986年重印本。

经济政治发展的不平衡就造成了新旧形式并存的局面，他们各有不同的活动范围，领有各自不同的读者与观众；但是因为旧经济政治尚占优势，所以旧形式在人民中间的强固地位并没有被新形式取而代之。不但在新文艺足迹尚极少见的农村，就是在新文艺过去的根据地、过去文化中心的大都市旧形式也不示弱。①

周扬没有从文化的意义来认识为什么旧形式在人民中间有强固的地位。当然，社会经济、政治结构在特定的条件下是会影响文艺形式的。中华人民共和国成立之后，新文学形式在新的政治环境里取得辉煌的成就，新诗曾一度成为时代的号角，表达了时代的强音。然而新时期到来，人们进行了深刻的历史反思，重新认识了传统文化。新诗因其绝对的自由、缺乏形式规范而失去优势。它有似无源之水，无根之木，很难与我们的民族文化习惯相融，所以得不到民众的支持。《星星》诗刊主编杨牧说："我们的诗歌越来越变得琐屑化，当苍白的面孔被苍白掩盖，当空洞得到空洞的支持，当远离尘世、远离众生、远离人间烟火和生命痛痒成为时尚，当无休止的'前现代'或'后现代'或'后后现代'的'文本实验'抽空了血肉的真实内容，当无知、浅薄、性奴和乖张被

---

① 胡风编：《民族形式讨论集》第15页，重庆华中图书公司，1941年。

'先锋''前卫'的绚丽旗幡乱花迷眼……当如此等等的病态自赏把台下最后的观众吓跑，我们的诗坛怕要真的到达'最后'的时候了。"[1] 民族文学形式的强固力量是新文学家们未曾估计到的。"旧诗词"虽然被排斥于文学的主流，作者们创作的园地却不断扩展，作者队伍逐渐壮大，而且后继有人。1987年，中华诗词学会成立，现在各地已有四百八十余个诗社，爱好并从事传统诗词创作的诗人有数十万之众。北京、上海、天津、沈阳、福州、武汉等近百所大学成立了校园诗社。由于中华诗词学会和各地诗歌协会的努力，又由于教育部的介入，中华诗词正逐渐走向大中小学校园，中小学生的课本中增加了一百八十首古典诗词篇目。《中华诗词》的发行量从最初的几千份已上升到两万多份[2]。传统诗词因典雅，含蓄，音韵和谐，格律严密，形式精美，耐人吟诵、记忆和玩味，植根于我们民族文化精神中，永远具有生命的活力。

二

凡是作诗必须具有诗意、诗情和诗境，它们皆是主体在现实生活中有所感触而产生的。如果我们有了诗的感受，以新诗的形式表达则是非常容易的，比如具有初中文化水平的

---

[1] 游子：《信息时代的汉语与汉语诗歌》，《东南大学学报》2005年4期。
[2] 舒晋瑜：《"别把我叫旧诗"——诗坛涌动的"新旧交锋"》，《中华读书报》2002年2月6日。

作者可用白话的语言，甚至散文的句子，将它们按诗行排列起来，不拘篇幅的长短和句子的字数，可用也可不用韵，更不必讲求字声和音节，随意写来也可算诗。新诗因此又称"自由诗"。但无论多么"自由"，它仍是诗。然而，创作传统诗词却失去了这些"自由"而有许多束缚，其规范真是艺术的枷锁，是不易征服的艺术形式，因此创作是很困难的。诗词创作除了必须具有诗意、诗情和诗境而外，还有其特殊的创作途径。

（一）创作与学问的关系。诗词创作是需要具备一定的中华传统文化修养的，这即是说作者应有一定的学问。从《诗经》到唐诗，它们与学问的关系不是很突出。自宋代以来，学人之诗兴起，出现了以学为诗的倾向。江西诗派的领袖黄庭坚说："词意高胜，要从学问中来尔。""如老杜诗，字字有出处。熟读三五十遍，寻其用意处，则所得多矣。"(《论作诗文》，《山谷别集》卷六) 南宋严羽针对此种情况提出了"别材"之说，他认为："夫诗有别材，非关书也；诗有别趣，非关理也。然非多读书，多穷理，则不能极其至，所谓不涉理路、不落言筌者上也。"(《沧浪诗话·诗辨》) 严羽虽然主张妙悟，反对以学为诗，以文字为诗，以议论为诗，指出诗与学问无直接的关系，但却见到若无学问则难臻诗之极诣。我们若细读《诗经·大雅》，陶渊明的《饮酒》《读山海经》，卢照邻的《长安古意》，骆宾王的《帝京篇》，陈子昂的《感遇诗》,李白的《古风》,杜甫的《秋兴》《咏怀古迹》,白居易的《长恨歌》,韩愈的《荐士》等,不难见到作者在下字、遣辞、使事、用典,以及在历史事实、名物制度、山川草木、风俗民情等方面皆体现出甚为丰富的传统文化修养。唐代以来,诗赋就是科举考试的科目,士子为应付考试不仅学习声律诗艺,更要学习儒家经典、史籍和策论,还得旁通天文、地理、诸子百家。因此从唐代至晚清的诗人,他们绝大多数皆为应试而认真学习过种种传统文化知识。当然,以学为诗并非诗之正途,学人之诗亦非诗之正宗,学者并不等于诗人,但我们今天若要学习诗词创作,却需要懂得一些传统文化知识,这样写出的作品方具有民族文化的根基。

(二)创作与古典诗词的关系。诗词作为中国古典诗体有自己基本的艺术特点,无论各个时代诗人怎么创新求变,甚至晚清黄遵宪等人提倡诗界革命,其基本特点仍然被继承和发展。学习诗词创作必须熟悉和背诵古典作品,选择适合自己审美趣味的作品进行模仿。宋人蔡居厚谈到北宋的诗风说:

> 国初沿袭五代之余,士大夫皆宗白乐天(居易)诗,故王黄州(禹偁)主盟一时。祥符、天禧之间杨文公(亿)、刘中山(筠)、钱思公(惟演)专喜李义山(商隐),故昆体之作,翕然一变,而文公尤酷嗜唐彦谦诗,至亲书以自随。景祐、庆历后,天下知尚古文,于是李

太白、韦苏州（应物）诸人，始杂见于世。杜子美（甫）晚出，三十年来学诗者，非子美不道，虽武夫、女子皆知尊异之。①

宋人在学习唐诗的过程中，有的并无创新，有的则经过学习而求变，逐渐形成自己的风格。清人沈德潜说："诗不学古，谓之野体，然泥古而不通变，犹学书者但讲临摹，分寸不失，而己之神理不存也。作者积久用力，不求助长，充养既久，变化自生，可以换却凡骨矣。"（《说诗晬语》）沈氏将学诗与学书法比较，这是很恰当的。汉字书法最具我们民族文化特色，如果不从临摹颜真卿、柳公权、欧阳询、苏轼、赵孟頫的字帖入手，则不可能学会书法。初学诗者熟读《唐诗三百首》，背诵其中名篇，然后可以尝试模仿创作。学书法经过临摹阶段，则可进一步学习篆书、金文、汉碑、魏碑、晋人法帖，根据个人特长而博观约取，求变创新。学诗亦然，经过初步试作之后，便可读《诗经》《楚辞》以探风骚之旨，涉猎乐府古辞、魏晋五言诗以继承汉魏风骨；读李白、杜甫、白居易、韩愈、李商隐、李贺、欧阳修、梅尧臣、王安石、苏轼、黄庭坚、杨万里、陆游、吴伟业、黄遵宪等诗集以求精研诗艺。学词则可进而读《花间集》《草堂诗余》及柳永、

---

① 郭绍虞辑：《宋诗话辑佚》第398—399页，中华书局，1980年。

苏轼、周邦彦、李清照、辛弃疾、姜夔、吴文英、张炎等的词集以求提高创作水平。这样的途径虽然被讥为模仿,但确是必须经历的,舍此别无便捷之道。此过程中熟悉诗词的用语、意象、韵味、格调,以求形似,经过精研传统表现技巧以形成个人风格,努力追求高深的境界。

(三)创作与诗词格律的关系。中国诗歌的发展,从《诗经》以来即走向格律化道路。格律是一种规范,创作时必须严格遵守。我们在近数十年间常见到不少旧体诗词作品的形式是五言或七言的八句,或长短句标明为某词调,其用辞下语、意象、句法、结构、意境,确有传统诗词的特色,然而不合格律,即字声平仄、韵部、对偶、格式皆是失范的。这类的作品,我们可以称之为韵文。作者有写作的自由,但它们绝非五律、七律或律词。格律是一种束缚,若要掌握是有一些困难的。因此某些古典诗词爱好者为了去掉艺术的枷锁而提倡革新,这主要表现为对新诗韵——现代汉语为基础的俗韵——的倡导。现代汉语是无入声的,它已分别转化为其他各声调了。由于古今声调的变化,《广韵》音系声调和韵部与现代语音存在巨大差异,若以现代语音为准则意味着诗词格律的完全破坏。所以凡是主张诗词改革者,完全不必考虑传统诗词的格律,固可自由地去写作任何韵文,如写新诗一样。不遵格律的五言或七言韵文是否可以称为古体诗呢?这得看具体情形。唐以前的诗没有固定的格律,它们的用韵属于古音系，其声韵音节自然和谐，但绝非随意为之的。我们读《采薇》《东山》《七月》《古诗十九首》《焦仲卿妻》《羽林郎》《董娇娆》《西洲曲》《木兰诗》等古诗，真是人间天籁，它们于自然流美之中是含有高度技巧并有某些规律的。从格律诗兴起之后，唐人作古体诗实际上已融入了声韵格律的经验，例如张若虚的《春江花月夜》、刘希夷的《代悲白头翁》、高适的《燕歌行》、李白的《长干行》、杜甫的《丹青引》等，皆是用唐代声韵，在律句、对偶和换韵等方面吸收了近体诗的经验。可见古体诗并非某些作者想象的绝对随意而无形式规范。清人王士祯和赵执信曾探讨过古体诗的规律，虽然过于拘泥，却提醒我们应认真研究古体诗艺。现在懂得诗艺的作者，深知作古体诗在某种意义上比格律诗更为困难。词的格律比诗体更复杂多样，作词必须按谱，故称填词；若不按谱，虽号标调名，而实为句读不葺的杂言了。格律是形式，作品缺乏诗意或词意，尽管合律，犹如没有灵魂的空壳；若有诗意或词意，却失格律，则皮之不存，毛将焉附。诗词的内容与形式应是统一的，缺一不可。

从上述诗词创作与学问、古典作品和格律的关系的探讨可见，这种创作不同于新诗，要求具备一定的学问和相关的知识。然而正因其如此，又深深吸引着热爱中华文化的儿女们去学习和精研，并努力去掌握这种民族文学形式。

三

作诗是否存在一种便捷的方法呢？宋人周紫芝《竹坡诗话》记述："有明上人者，作诗甚艰，求捷法于东坡，（东坡）作两颂以与之。其一云：'字字觅奇险，节节累枝叶。咬嚼三十年，转更无交涉。'其一云：'冲口出常言，法度法前轨。人言非妙处，妙处在于是。'"

作诗的捷法绝非数语可以说清楚，而且本无捷法。苏轼仅强调作诗不必苦在字句上下功夫，遵循自然与法度即可。艺术创作没有通行的固定的方法，但有某些原则和法度。当具有了一定的传统文化知识和诗词的专业知识，并掌握了诗词格律，就可以作诗词了。在创作过程中必然会遇到一些具体问题，例如选题、选体、选韵、立意、表现方式、意象、结构。解决这些问题是要依赖经验的积累，也可借鉴前代诗人词家的经验。在灵感出现、妙悟有得时，再凭经验的指导，将有助于艺术水平的提高。

诗题可分两类：一是命题，一是自选题。科举考试主要是命题，此外，朋友雅集的分题、应酬场合的限题，作者都受到一定的限制，须得根据具体环境，处理好各种关系，很快寻到题材和诗意，力求思想内容表现得体。此类应酬之作，不宜于初学者，最好少作或不作。当然，娴熟诗艺者可以由此展示敏捷的诗才，如白居易与元稹、苏轼与黄庭坚，他们在限题唱和中因难见巧，时有佳作。自选之题应是作者感兴趣的或偶然引发的，而且是自己可以驾驭的。例如登临怀古之题材，当作者在某名胜之地，比如杭州西湖或六朝古都南京，关于它们的名篇已经太多，则最好选取某一个感受最深的为题，不宜泛写。词体与诗体有别，近年我常见以反映政治事件、讽刺社会现象或庆祝盛大节日为词题的，这于词体非常不宜，因词体更适于主观抒情，即使社会现实的感受也应转化为个人情绪而艺术化地表现出来。苏轼说："赋诗必此诗，定非知诗人。"(《书鄢陵王主簿所画折枝》)这说明关于题材的处理问题。苏轼是海涵地负的天才诗人，他的诗常常超越题目范围而变化莫测；黄庭坚的诗则胶固于题材而赋。有才气者可以适当超越题材，出人意表。

题目确定之后，若非限体，则可考虑选取何种诗体或词调以便恰当地与题目相适。诗之各体与词之各调皆有各自的个性。一般说来，五言和七言古体适于叙述和议论的长篇宏大题材；五律典雅庄重，而七律的容量比五律更大，较为流动奔放；绝句则适于表现瞬间的一点感受，言有尽而意无穷。当某种复杂而隐秘的情感需要表达时，可以写入词中，不必标题，如诗之"无题"。沈德潜说："七言律平叙易于径直，雕镂失之佻巧，比五言更难。""五言长律贵严整，贵匀称，贵属对工切，贵血脉动荡。""七言绝句，贵言微旨远，语浅情深，如清庙之瑟，一倡而三叹，有遗音者矣。"(《唐诗别裁·凡例》)

词体则有小令、中调、长调之分，它们的体制和容量各有不同。作者比较各体和各调的名篇，会渐渐领略它们的体制特点的。

诗韵以《广韵》音系的"平水韵"为标准，词韵可参照诗韵而略宽。近体诗用平声韵，可分宽韵和窄韵。宽韵即该韵部所收的韵字较多者，如一东、四支、七虞、十一真、一先、二萧、七阳、八庚、十一尤；窄韵即该部所收韵字较少者，如三江、九佳、十五删、三肴、十四盐、十五咸。初学者宜择宽韵使用。近体诗之用韵限定每首诗只用某一韵部，不得与其他相邻的韵部混杂。韵与表情是存在一定关系的。近世词曲家王易总结词韵的经验是："平韵和畅，上去韵缠绵，入韵迫切，此四声之别也；东董宽洪，江讲爽朗，支纸缜密，鱼语幽咽，佳蟹开展，真轸凝重，元阮清新，萧筱飘洒，歌哿端庄，麻马放纵，庚梗振厉，尤有盘旋，侵寝沉静，覃感萧瑟，屋沃突兀，觉药活泼，质术急骤，勿月跳脱，合盍顿落，此韵部之别也。"[①] 然而韵与表情并非简单而固定的，它主要是随着作品的情感而变化。每韵的个性特点皆需作者细细揣测。有时择韵具有极大的偶然性，当某个主要句子形成后，即以该句之韵字而定韵部，思路一旦畅通，相关的韵字便不断涌现。杜甫《留别贾严二阁老两院补阙得云字》

---

① 王易：《词曲史》第283页，中国文化服务社，1946年。

和《题新津北桥楼得郊字》即依主要句子所用韵字而择韵的（云属十二文，郊属三肴）。词的韵部宽于诗，有的只用平声韵，有的只用仄声韵，有的可用平声亦可用仄声韵，有的换韵，有的限用入声韵，凡此皆以词谱的规定为准。

立意，这在艺术创作中是极重要的。北宋画家文同在画竹之前已经"胸有成竹"，意在笔先了。苏轼谈到作文之法最强调立意，他比喻说："儋州虽数百家之聚，州人之所须，取之市而足，然不可徒得也，必有一物以摄之，然后为己用。所谓一物者，钱是也。作文亦然，天下之事，散在经子史中，不可徒使，必得一物以摄之，然后为己用，所谓一物者，意是也。"（《韵语阳秋》卷三）作诗词亦然。在对全篇所要表达的基本思想情感有一个大致的设想，确定了主旨，则一切的表现手段、意象、语句、事典等等皆可以意统摄调动，因而思路通畅。黄庭坚说："凡始学诗，须要每作一篇先立大意；长篇须曲折三致意，乃能成章。"（《童蒙诗训》）这样可避免临篇凑句、敷衍成章的弊病。

诗之三义即三种基本的表现方法——"兴""比""赋"。儒者对它们的解释各有不同，宋代理学家朱熹的解释是简明切要的。他说："兴者，先言他物以引起所咏之词也。""比者，以彼物比此物也。""赋者，敷陈其事而直言之者也。"（《诗集传》卷一）诗学家钟嵘说："宏斯三义，酌而用之，干之以风力，润之以丹彩，使味之者无极，闻之者动心，是诗之至也。若专用比兴，患之意深，意深则词踬。若但用赋体，患在意浮，意浮则文散，嬉成流移，文无止泊，有芜漫之累矣。"（《诗品序》）此外还有寄托、拟人、象征、借代等诸多手法。表现手法是根据作者立意而选用的，以便诗意的艺术化而产生美学效应。一篇之中可采用某种手法，长篇可采用多种手法。手法确定之后，诗意才能具体地展开。

意象是中国古代的哲学概念，三国王弼在《周易略例·明象》里提出"立象以尽意"的命题；南朝刘勰《文心雕龙·神思》论述了"意象"在文学创作中的作用。意象是诗词创作的基本因素，它包含客观自然的物象与主观的心意，是主体感知自然事物而得的直接经验，是感性的形象。意象的形式体现了主体通过想象，巧妙地将意与象组合的艺术构思。它可能是不合常理逻辑的，却具有特殊的艺术魅力。唐诗中如"飞花搅独愁"（杜审言《赋得妾薄命》），"明月松间照"（王维《山居秋暝》），"汉月垂乡泪"（岑参《碛西头送李判官入京》），"寒生独树秋"（钱起《裴迪南门秋夜对月》），"花残野岸风"（李昌符《旅游伤春》）；宋词中如"自在飞花轻似梦，无边丝雨细如愁"（秦观《浣溪沙》），"细看来不是杨花，点点似离人泪"（苏轼《水龙吟》），"云破月来花弄影"（张先《天仙子》），"红杏枝头春意闹"（宋祁《玉楼春》），"飞红若到西湖底，搅翠澜总是愁鱼"（吴文英《高阳台》）：它们皆是名句，形象鲜明，意境含蓄优美。诗词应有精美的意象，但某些诗人词家长于用赋体直言其事，以抒情见长，亦能产生名篇佳构。

结构是文学作品的组织构造，将作品各部分材料按某种方式组合成一个整体。虽然作品的艺术结构是不能分割的，但可从其组成因素和组合方式进行分析。综观唐诗宋词的结构，可分为点型、线型、面型和网型四种基本型式。点型结构是主体将具体时间与空间的瞬息感受，情、景或事，凝聚于一个焦点上，这通常适于绝句和小令，如王昌龄的《闺怨》、孟浩然的《春晓》。线型结构是依照时间或事件的自然顺序的描写与叙述，有头有尾，情节的脉络清晰，这通常适于古体和长调，如杜甫的《北征》、韩愈的《山石》。面型结构是将题材扩展，视野广阔，场景不断转换，各部分之间的关系松散或不相连属，这通常见于律诗，如杜甫的《春望》和《晚出左掖》。网型结构是点、线、面、情、景、事的纵横交错，表现复杂的情感，如张若虚的《春江花月夜》、杜甫的《秋兴》、李商隐的《锦瑟》、柳永的《浪淘沙慢》、周邦彦的《瑞龙吟》、辛弃疾的《摸鱼儿》、吴文英的《莺啼序》。结构是创作过程的最后环节，它使作品定型，以见作者别具匠心之处。这要求它合理、严密、完整，以便充分表达思想内容。

中国的"旧体诗"是能够反映社会现实生活的，亦能表达现代人的思想情感，但它有自己独特的词语、意象、韵味和表现方式，例如以下三诗：

呈詹安泰先生　董每戡

书生积习总难忘，酒后常疏戒履霜。
长日空怀心耿耿，连宵深悔视茫茫。
浮名已为多言误，大错宁成致命伤？
枕上排忧歌代哭，群蛙声里起彷徨。

悲田汉　秦似

人妖颠倒乱中华，悲剧生于戏剧家。
南国风雷犹昨日，北京霜雪掩朝霞。
光天竟指鹿为马，暗室难堪尿作茶。
安得洛阳纸千卷，为君谱写断肠花。

拿破仑墓　饶宗颐

百战终然厄倒戈，剩从阙下抚铜驼。
深宫池水犹哀咽，绝岛风涛孰更过。
长算累欷悲短日，丰碑突兀对奔河。
归魂丰沛原无憾，遗语真令涕泗沱。[①]

---

① 华钟彦主编：《五四以来诗词选》，河南大学出版社，1987年。

这些诗篇都是在现代文化背景下以传统形式表现了现代人的感受，令我们倍感亲切，欣赏赞叹。虽然如此，但诗词毕竟是过时的旧形式，不可能再获得"时代文学"的光荣，今人不可能再造唐宋的辉煌，更不可能成为现代文学的主流。凡是喜好诗词的作者皆出于对我们传统文化的深厚情感，言志缘情，抒写性灵，超然于功利。他们陶醉于古典艺术氛围，传承着中华文化，是真正而纯粹的诗人。他们之中必定有不少的诗人和作品经过历史的筛选而在文学史上存在下去，能够从一个侧面体现我们时代的审美理想和文化精神。

关于古典诗词的吟诵问题

凡是保存了本民族典籍的民族，都曾用本民族的语言读过它们，而且将朗读文本的方法随着民族文化的承传而延续下去。朗读文本的方法应是民族文化中最富特色的一个部分。汉民族同世界上其他民族，如阿拉伯、印度、希腊、罗马、日耳曼、斯拉夫等一样，有着自己独特的朗读文本方法，它曾在同东方及西方文化交流中产生过重大的影响。中国在两千多年前，儒家圣人孔子教弟子们"诵诗三百"（《墨子·公孟》），而他自己"弦歌诵书，终身不辍"（《列子·仲尼》）。此后儒者、经师、教授、塾师在教学过程中皆非常重视典籍文本的诵读。北齐学者颜之推告诫家族晚辈说："人生幼小，精神专利，成长已后，思虑散逸，固须早教，勿失机也。吾七岁时，诵《灵光殿赋》，至于今日，十年一理，犹不遗忘。"（《颜氏家训·勉学》）中国古代士子自幼从师学习儒家经典，先生教之识字诵读，经过疾读、背诵、吟咏，去领悟文法及意义，而讲解是次要的，许多塾师是不讲解文本的。清人曾国藩总结学习经验说：

> 如《四书》《诗》《书》《易经》《左传》《昭明文选》，李、杜、韩、苏之诗，韩、欧、曾、王之文，非高声诵读则不得其雄伟之概，非密咏恬吟则不能探其深远之趣。（《家训·字谕纪泽》）

这是传统读文的概况。"读"与"诵"义同，原义为背诵，要求"以声节之"（《周礼·大司乐》），即高声朗诵，体现音节抑扬，这种方法可称为朗诵。"吟"本是叹息声，"咏"乃"永言"，将语音延长之意。"吟咏"是一种用自然的近似乐曲特色的音调歌唱式的读文方法，但它并不采用某种具体乐曲的旋律，因而可称之为吟唱。古代士子学习的文本可分为儒家典籍、古文和诗赋。学习经典用朗诵法，学习诗赋用吟咏法，学习古文则依不同的文体风格而选用以上两种方法。然而朗诵与吟唱虽有分别，但某些读文者往往将二者混杂，以致难以分辨，或统曰吟诵。由于古今语言的变化，南北方音的差异，于是中国传统的读文方法呈现复杂的情况和缤纷的色彩。现在我们可将传统读文按地域分为北方、江浙、岭南、湖湘和巴蜀五系。当代宿儒名师各具地域色彩与个人风格的古典诗词吟诵，虽然有诸多差异，但都体现了汉语读文的传统，而且是有规律可寻的。兹试简述：

一、关于诗的吟诵。中国古代诗歌可分为古体诗和格律诗两类。古诗包括《诗经》、《楚辞》、汉魏乐府诗、魏晋南北朝五言诗、唐宋以来的五言古诗和七言古诗。这类诗的节奏、声韵都是较自然的,没有定格,因而吟诵它们时注意气势、语法、音节和声调即可。关于诗的吟诵,当以格律诗为典型来探讨。格律诗产生在古代诗歌艺术成熟的基础上,总结了汉语声韵使用的经验,自觉地建立了形式的规范。自魏晋以来,由于佛教文化的传播与佛经的翻译而引进了印度的音韵学。中国学者逐渐创立了汉语音韵学。诗人们将新的音韵学知识用于诗歌创作,讲究"四声八病"。格律诗的雏形出现于六朝齐梁时期,在初唐趋于定型,所以唐人称之为"近体诗"。唐人关于诗的吟诵如杜甫《夜听许十一诵诗爱而有作》所描述:

诵诗浑游衍,四座皆辟易。应手看捶钩,清心听鸣镝。精微穿溟涬,飞动摧霹雳。陶、谢不枝梧,风、骚共推激。紫燕自超诣,翠驳谁剪剔?君意人莫知,人间夜寥阒。

其中表述静夜听诵诗如同游历艺术世界,吟咏之声令人惊异感动。它的细碎清亮如同捶钩,高亢飞动好似鸣镝,精微之音若轻轻穿过空中云气,重浊之音如沉沉催发霹雳。可见诗的吟诵竟可产生与音乐相似的艺术效果，充分体现了汉语音节的抑扬、顿挫、轻重、疾徐所构成的节律之美感。古典格律诗最能在形式上表现节奏的规律。无论吟诵者采取什么音调与方音，只要熟知诗律，在吟诵时将诗律传达出来，那么吟诵的节奏应是相同的。因此吟诵古典格律诗，必须具有诗律的知识，否则其吟诵是不得要领的。华东师范大学的苏仲翔先生于20世纪80年代初曾对我说，吟诵的要领是"逢平必顿"。这即是在吟诵时遇到平声字皆应停顿，但是具体操作却不明确。河南大学的华钟彦先生被誉为最正统的汉诗吟诵者。他以为吟诵的停顿处，除用的押韵字之外，绝句仄起式为"四二二四"，绝句平起式为"二四四二"；律诗则是绝句格式的重复一遍。① 兹以○表示平声，●表示仄声，△表示停顿，图示如下：

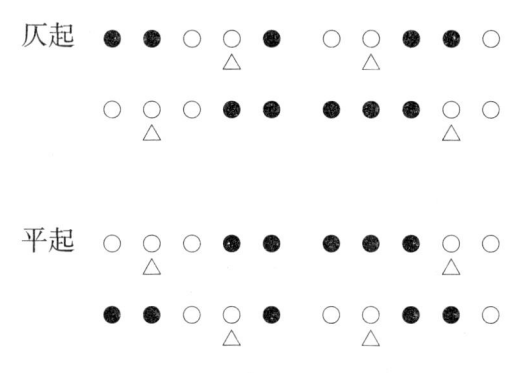

仄起　●●○○●　○○●●○
　　　　　△　　　　△

　　　○○○●●　●●●○○
　　　　　△　　　　△

平起　○○○●●　●●●○○
　　　　　△　　　　△

　　　●●○○●　○○●●○
　　　　　△　　　　△

---

① 华钟彦：《关于近体诗的读法》，见《唐代文学论丛》第四辑，陕西人民出版社，1983年。

这将诗律的特点反映出来了，即上句与下句的平仄各异，四句一组之间节奏不同。这可构成错落有致，对称回复的声韵节律之美感，正与"逢平必顿"之说相合。我需补充的是：每句句末是大停顿处，凡平声字音都得适当延长。兹将下两首唐诗标注如下：

听　筝　李端

鸣筝金粟柱，素手玉房前。
　△　　　　　△
欲得周郎顾，时时误拂弦。
　△　　　　△

从军行　王昌龄

大漠风尘日色昏，红旗半卷出辕门。
　△　　　△　　　△
前军夜战洮河北，已报生擒吐谷浑。
　△　　△　　　△

这两诗一为平起，一为仄起，每字的平仄皆合律，可视为标本。在吟诵时除按规定的节奏停顿外，再注意字的声调，将传统的四声读准，字正腔圆，语音清晰，掌握情绪的起伏变化，处理好轻重疾徐的关系。

古体诗的声韵音节皆是自然的，没有固定的格律，变化极大。我们在吟诵时按照逢平必顿和音节停顿的原则处理，其效果比律诗更富于变化而气势奔放，如李白的名篇《蜀道难》，除每句句末停顿之外，句中停顿之处可标示为：

噫吁嚱，危乎高哉！

蜀道之难，难于上青天！

蚕丛及鱼凫，开国何茫然。

尔来四万八千岁，不与秦塞通人烟。

西当太白有鸟道，可以横绝峨眉巅。

地崩山摧壮士死，然后天梯石栈相钩连。

上有六龙回日之高标，下有冲波逆折之回川。

黄鹤之飞尚不得过，猿猱欲度愁攀援。

青泥何盘盘，百步九折萦岩峦。

扪参历井仰胁息，以手抚膺坐长叹。

问君西游何时还，畏途巉岩不可攀。

但见悲鸟号古木，雄飞雌从绕林间。

又闻子规啼夜月，愁空山。

蜀道之难，难于上青天，使人听此凋朱颜。

连峰去天不盈尺,枯松倒挂倚绝壁。

飞湍瀑流争喧豗,砯崖转石万壑雷。

其险也若此,嗟尔远道之人胡为乎来哉!

剑阁峥嵘而崔嵬,一夫当关,万夫莫开。

所守或匪亲,化为狼与豺。

朝避猛虎,夕避长蛇,磨牙吮血,杀人如麻。

锦城虽云乐,不如早还家。

蜀道之难,难于上青天,侧身西望长咨嗟。

其他古文和辞赋的吟诵可参照古体诗的停顿情况进行,但较为灵活变化。

二、关于词的吟诵。词本是配合唐宋燕乐的歌词,属于新体音乐文学,亦属中国古典格律诗体之一。其格律以词调为单位而有严密规定,由律化的长短句依各调定格组成。宋以后由于词乐的失传,词遂成为不能付诸歌喉的纯文学了。明清的词学家们总结了词体声韵格律,于是可以参照格律诗的吟诵方法来吟诵宋词。然而每个词调皆有独特的格律,因此吟诵时必须掌握该词调的声韵、句法、结构等特点。如《浪淘沙》双调,十句,其中八句用韵,句尾皆仄仄平平,音调明快响亮。《玉楼春》双调,七言八句,作仄声韵,其中六句用韵，句尾皆平平仄仄，音调低沉压抑。词调限用入声韵的如《兰陵王》《雨霖铃》《浪淘沙慢》《暗香》等以及用入声韵作的《满江红》《念奴娇》《贺新郎》《忆秦娥》词，吟诵时应体现韵字收声短促，发音重浊的入声，可以表达激越、悲咽、慷慨之情。词的句法最富于变化，长短皆用，奇偶并施，故吟诵时要体会作品语气，恰当安排节奏，例如：

蝶恋花　晏几道

醉别西楼醒不记。春梦秋云，聚散真容易。斜月半窗还少睡，画屏闲展吴山翠。　衣上酒痕诗里字。点点行行，总是凄凉意。红烛自怜无好计，夜寒空替人垂泪。

八声甘州　柳永

对潇潇、暮雨洒江天，一番洗清秋。渐霜风凄紧，关河冷落，残照当楼。是处红衰翠减，苒苒物华休。惟有长江水，无语东流。　不忍登高临远，望故乡渺邈，归思难收。叹年来踪迹，何事苦淹留？想佳人、妆楼颙望，误几回、天际识归舟。争知我，倚阑干处，正恁凝愁。

念奴娇　辛弃疾

野棠花落，又匆匆过了，清明时节。划地东风欺客梦，一夜云屏寒怯。曲岸持觞，垂杨系马，此地曾轻别。楼空人去，旧游飞燕能说。　　闻道绮陌东头，行人长见，帘底纤纤月。旧恨春江流不断，新恨云山千叠。料得明朝，尊前重见，镜里花难折。也应惊问，近来多少华发？

这些都是一气贯注的，领字的作用很突出，句间的语气应保持联系。在某些词调里还出现违反平仄相间的规则，称之为拗句，如周邦彦的《兰陵王》结句"似梦里，泪暗滴"全用仄声字；姜夔的《暗香》中"但怪得竹外""正寂寂""又片片"全是仄声字。这在吟诵时当特别和婉起调。凡此可说明词的吟诵是更难的，尤须细细体味。

三、吟诵的误区。传统的吟诵方法在中国现代新文化运动之后曾遭到嘲笑与否定。朱自清深有感慨说："五四以来，人们喜欢用'摇头摆尾'去形容那些迷恋古文的人。摇头摆尾正是吟文的丑态，虽然吟文并不必需摇头摆尾。从此青年国文教师都不敢在教室里吟诵古文，怕人笑话，怕人笑话他落伍。学生自然也就有了成见。"① 此后虽有夏丏尊、叶圣陶等语文教育家的提倡，然收效甚微。20世纪50年代以来，传统的诗词吟诵方法濒于灭绝，而新的吟诵方法渐为社会接受。这概括起来有三种新方法：

第一是两顿法。五言诗句读为上二下三式，如"功盖——三分国，名成——八阵图"；七言诗句为上四下三式，如"两个黄鹂——鸣翠柳，一行白鹭——上青天。"这样不管古体、近体、平起、仄起皆一句两顿。

第二是两字一顿法。近体诗以两字为一个节奏，韵字及句末一个节奏。五言句子作三顿，如"白日——依山——尽，黄河——入海——流"；七言句子作四顿，如"黄河——远上——白云——间"，"千里——江陵——一日——还"。②

第三是配乐朗诵。唐代声诗是配清商乐或燕乐的，音谱早已失传，不可考究。唐宋词是配合燕乐的，每一词调实即一支乐曲，每词的乐曲是固定的。词人按谱填词或倚声制词，所依据的是音谱。宋以后词的音谱失传，今仅存南宋词人姜夔所作《白石道人歌曲》的十七首自度曲旁缀音谱，自清代以来经许多学者考订，于20世纪50年代译为今谱问世。③

---

① 朱自清：《论朗读》，《朱自清古典文学论文集》第151页，上海古籍出版社，1980年。
② 陈少松：《古诗词文吟诵研究》第58—59页，社会科学文献出版社，1997年。
③ 杨荫浏、阴法鲁：《宋姜白石创作歌曲研究》，人民音乐出版社，1957年。

清代词学家谢元淮的《碎金词谱》收录唐宋词近二百首，旁缀音谱，基本上属昆曲音乐，很难确定为唐宋雅音，近年已有今译本。[①] 唐诗已无法配乐，宋词则可依姜夔之谱和谢元淮之谱。然而现在流行的配乐吟诵，其乐与作品无关，既已无关，不必勉强乱配。

以上流行的诗词现代吟诵法是完全与传统不同的，表现出对古典诗词缺乏应有的基本知识。华钟彦曾指摘为"不讲什么学问"，苏仲翔曾表示"我们是不要的"。[②]

中国古代的读文方法，在某种意义上是与传统文化共存的，因而只要中国传统文化能延续下去，就应世世代代承传。它是学习汉民族文化典籍的基本的方法，是中国传统文化的一个有机部分。如果人们在弘扬民族优秀文化时对传统读文方法却一无所知，这犹如佛教僧众不会念经却侈谈弘扬佛法一样，无疑是荒谬的。关于古典诗词的吟诵，我们只有将它与弘扬民族文化相联系才能见到其意义。唐诗和宋词是时代文学，是我国文学遗产中最优秀和宝贵的。它们的古典艺术永远以不可企及的范式感染着世代的中华儿女，正作为民族文化精神的因子融入我们血液之中。现在，随着我国人民文化素质的提高，人们愈加热爱古典诗词。只有通过富于汉民

---

① 刘崇德、孙光钧：《碎金词谱今译》，河北大学出版社，2000年。
② 华钟彦：《关于近体诗的读法》，见《唐代文学论丛》第四辑，陕西人民出版社，1983年。

族特色的吟诵方式,我们才能从感性上真正接受古典艺术,而且只有通过吟诵才能进入艺术鉴赏而领略古典之美。当我们将传统的吟诵作为学术问题——绝学来探讨时,固是复杂而深奥的,但它长期以来曾是童蒙读文的基本方法,由先生声口相传,经过习染,则是自然而易会的。显然,乖离传统的不正确的吟诵方法之风行,无疑会从某个方面加速我们民族文化特点的丧失。这应引起学界的忧虑与关注。

后 记

我当初在编著此教程时，是为具有中等文化程度并有兴趣学习诗词格律的读者而设计的。它自2006年出版以来甚受读者的欢迎，确实在诗词界被作为很适用的教材，故于2010年得以重印。最近我与张庆宁先生谈及此教程，她希望我作一次修订，由四川文艺出版社出版。兹谨对此编进行全面校理，并对某些部分作了适当的增补，以期有助于初学者习用。

自1959年我即志于研究宋词，1981年从事中国古代文学专业研究工作以来，亦以词学为研究方向。我喜爱作词，尤喜作长调，偶尔亦作律诗，仅作为抒写性灵之具而已。我因忙于学术研究，闲情逸致甚少，若无灵感则绝不妄作，故作品不多；有时一年仅作一词，而兴致来时又可于一个晚上连写数诗，但随写随弃，发表的作品极少。我曾为本省及某些县的诗词学会讲过诗词创作，亦曾为某些诗社的顾问，因而结识了许多诗友。在与诗友切磋诗艺时，或在阅读他们寄赠的诗集时，使我对二十余年的诗词创作情形有大致的了解。

我长期从事中国古典诗词研究，故每以古典艺术的高标衡量现实的创作，既见到当代诗词创作的成就，然而更易于见到所存在的弊病。兹借此教程修订本之出版，谨略谈我所感到的诗词创作存在的一些问题，以与诗友们共勉。

一、初学会诗词格律的朋友们，应该大量写作，逐渐使诗艺精熟，逐渐征服中国古典格律诗体的艺术形式。当熟练地掌握诗词格律之后，则应控制创作欲望。在我结识的友人中，有的每个月能写几十首作品，结集时则有数千首之多。其中许多作品为唱和之作，即兴之作，或感时应景，或记游叙事，而真正精美之作甚为罕见。因此我希望这些诗友应在对现实有真实感觉之后，创作冲动来临之时，精心构思，将诗意巧妙地深刻地表现，使之成为优美的作品。这样的作品如果有一首或数首，亦可胜过众多凡庸低劣的作品。

二、自新时期以来，诗学界为便于广大初学者学习诗艺，提倡采用新诗韵，以摆脱《广韵》音系之"平水韵"的束缚。这当出自不懂诗词格律而又急于作旧体诗者之主张。他们固然有许多理由，但实际上对古典格律诗体的艺术规律的意义并无真正的认识。当然，每个人有创作的自由，也有用新韵——甚至俗韵——写作五七言诗的自由，也可能写出好诗，但它们绝非格律诗体。自新诗韵之提倡，竟使不少精熟格律的诗人，或在当地很有名望的老诗人也用起新韵来。这样不受传统韵部的约束，东冬、虞鱼、真文庚侵、萧肴豪、先咸删等韵部皆可同用，方便快捷，然而却破坏了诗律规范。我谨对这些友人们感到惋惜；而对他们即将出版的诗集，则劝他们按传统韵部全面清理，以免造成遗憾。《广韵》音系韵部的区分是有精微的音理依据的，有其合理性；既然用韵为格律诗体规范之一，我们必须遵从。

三、唐宋诗人作诗关于格律是凭经验去体认，有时在某首诗里存在不合律的句子，这种句子称为拗句，这种诗体称为拗体。杜甫《巳上人茅斋》的"枕簟入林僻，茶瓜留客迟"，"入"字应平声，"留"字应仄声；此两句为拗句。杜甫《题省中院壁》为拗体，其中的"洞门对雪常阴阴""鸣鸠乳燕青春深""许身愧比双南金"三句之末三字俱是平声字，是为拗体。黄庭坚《题落星寺》的"星宫游空何时落，着地亦化为宝坊"，连用数个平声字和仄声字，亦是拗体。此外如苏轼《和子由渑池怀旧》七律的前四句："人生到处知何似，应是飞鸿踏雪泥。泥上偶然留指爪，鸿飞那复计东西。"其中第三、四句为颔联，应对偶，而苏轼以单行入律，是为变体。唐人近体诗的格律规范是在清代初年由诗学家们总结出的，自此凡作近体诗俱得遵守规范，不能以唐宋著名诗人之变体变例为借口而任意不遵诗体。初学者尤其不宜去学用拗句或拗体。

四、诗与词虽同为中国格律诗体，但二者的体性不同。宋人将诗与词的体性区分得很清楚。他们将言志的、宏大社会问题和交游应酬等内容作为诗的题材,而将言情的、表现私人场景的内容作为词的题材。王国维说:"词之为体,要眇宜修,能言诗之所不能言,不能尽诗之所能言。诗之境阔,词之言长。"这即是说诗体可表现的题材内容比词广阔很多,但词却可细致地委婉地表达诗所难言之情感。我们常见某些诗人——他们是熟悉诗词格律的,往往无视诗词体性之别。这表现为:首先,以诗为词,即以作诗的笔法入词,缺乏柔婉之意。《浣溪沙》后段第一、二句多为对偶,苏轼的"卖剑买牛真欲老,乞浆得酒更何求",这是诗笔,入词则直硬;晏殊的"无可奈何花落去,似曾相识燕归来",这是词笔,入诗则纤弱。其次,重大纪念日,颂扬成就,批判现实,社会应酬,讽刺幽默,即兴祝贺,可作为诗的题材,不宜入词。第三,词的每个调都有自己的声情特点,形成了独特的个性,这需要细心体会,如《满庭芳·误入官邸》《鹧鸪天·还赌债》《玉蝴蝶慢·思马航失联同胞》《玉楼春·相亲节》《西江月·月下火锅》《武陵春·地虱婆》《长相思·千秋万代昌》《钗头凤·醉驾车》等等,皆与该调之声情不协调。以上三种情形之词虽具词之形式,而实无词之韵味。

五、诗人应该关注社会现实,诗须要有为而作,然而要创作出成功的作品却非易事;这在中国诗史上有不少的经验和教训。《诗经》中的《天保》《六月》《斯干》《节南山》《文王》《大明》《皇矣》《生民》等虽表现社会重大题材,但皆是枯燥冗散的失败作品。白居易揭露社会现实问题的讽谕诗和苏轼批评新法的政治诗，尽管它们有诗的形象和现实的认识，但随着社会历史背景的消失而无艺术生命了。诗人面对社会宏大题材时，能否驾驭得住，能否使社会政治思想转化为个人情绪，能否以诗的艺术形式恰当地表现出来，能否将诗的思想引向高远的境界，这是作品成功或失败的关键。屈原的《离骚》《哀郢》，杜甫的《北征》、"三吏"、"三别"，白居易的《长恨歌》，苏轼的《荔支叹》，黄庭坚的《书摩崖碑后》等，均在思想意义上超越了时代的局限，在艺术表现上臻于完美，因而它们是有永恒生命的。词体也能表现重大社会题材，例如岳飞的《满江红》、张元幹的《贺新郎·寄李伯纪丞相》、张孝祥的《六州歌头》、辛弃疾的《永遇乐·京口北固亭怀古》、文天祥的《酹江月·驿中言别友人》等，均是将社会重大问题的现实感受，经过艺术的处理，转化为个人的情绪，饱和着强烈的情感表达出来的，故是成功的作品。然而不少的诗人在处理宏大题材时，感受不深，认识不足，遂轻率下笔。这样的作品一般是缺乏真情实感，没有形象，直露肤浅，形同标语口号，造成题材的浪费。我们创作宏大题材的作品，尤应态度谨严，精心构思，力求赋予艺术生命。

六、诗的创作除了精熟格律和一般的技巧而外，尤须有意象、想象和奇趣，然而这却是许多诗人所缺乏的。意象是客观现实物象与诗人主观之意的结合，形成具有画面效应的生动形象，它是构建一首作品的基本单位。杜甫的名句"红豆啄残鹦鹉粒，碧梧栖老凤凰枝"，其中"红豆""鹦鹉""碧梧""凤凰"是物象，"啄残""栖老"是主体之意。诗人意在表明：这红豆残了，是鹦鹉啄残的那一粒；这碧梧老了，是凤凰栖老的那一枝。此外如李白的"吴宫花草埋幽径，晋代衣冠成古丘"，李商隐的"沧海月明珠有泪，蓝田日暖玉生烟"，苏轼的"系闷岂无罗带水，割愁还有剑铓山"，黄庭坚的"落木千山天远大，澄江一道月分明"，玉禹偁的"棠梨叶落胭脂色，荞麦花开白雪香"，它们每句是一个意象，形象鲜明而优美，体现了诗人高超的艺术技巧。诗人的想象使作品的意趣达到超然美妙的境界，例如李白的《蜀道难》、岑参的《走马川行》、高适的《燕歌行》、李贺的《金铜仙人辞汉歌》、苏轼的《寒食雨》、黄庭坚的《题落星寺》，它们皆想象丰富，体现了诗人真正的才气。苏轼曾说："诗以奇趣为宗，反常合道为趣。"这是诗区别于其他文体之处：诗反常合道，其他文体则不反常。所谓"道"并不等于儒家之道，是常理和人情。诗虽表现奇趣，若不合常理与人情则入于狂怪。我们试看唐人小诗如杜甫的《八阵图》、王之涣的《登鹳雀楼》、杜牧的《赤壁》、李商隐的《嫦娥》、陈陶的《陇西行》，当读了每诗之后，会感到有出人意外的思致，将主题思想深化而耐人寻味，真正进入了诗的意境。我们作诗，最忌浅俗直露，板滞散缓，迂腐枯燥，意思平庸，而补救的办法是研读唐宋名篇，注意学习古人怎样创造意象，展开想象，追求奇趣。这样可使我们的诗艺提高。

七、宋代诗人黄庭坚晚年在《书王知载朐山杂咏后》说："诗者，人之情性也，非强谏争于廷，怨愤诟于道，怒邻骂座之为也。其人忠信笃敬，抱道而居，与时乖违，遇物悲喜，同床而不察，并世而不闻，情之所不能堪，因发于呻吟调笑之声，胸次释然；而闻者有所劝勉，比律吕而可歌，列干羽而可舞，是诗之美也。"他以为诗表现主体的情性存在两种倾句：一是以愤怒的心情谏争、诟骂，甚至谤讪政治，引起政治灾祸，这有失诗人之旨；一是以忠信笃敬的态度，发乎情，止乎礼义，以合诗人之旨。当主体于现实中获得真正深刻的感受之后，将它以艺术形式表达出来，并且合于诗人之旨：他以为这是"诗之美"。我们且不深究黄庭坚关于诗之美的具体解说，最重要的是他在诗学史上第一次提出了这个新的诗学命题。唐诗中如卢照邻的《长安古意》、骆宾王的《帝京篇》、张若虚的《春江花月夜》、杜甫的《秋兴》、李商隐的《无题》，皆是最美的诗。宋词如苏轼的《水龙吟》、周邦彦的《兰陵王》、李清照的《声声慢》、辛弃疾的《摸鱼儿》、姜夔的《暗香》、吴文英的《莺啼序》，皆是最美的词。我们可以认为任何艺术种类，无论是绘画、雕塑、音乐，还是文学的各种样式，它们的作品都应该是美的，能引起受众的强烈的美感，此才堪称艺术品。如果是粗糙、鄙俗、丑恶、狂怪、卑劣的作品，令人感到厌恶、恐惧、杂乱、失衡，甚至毛骨悚然，则它们实非真正的艺术品。我们创作诗词一定要在字句、情志、结构、意象、意境等方面均是美的。这是主体高尚的情操，优雅的趣味，健康的审美，深厚的艺术修养之外观，而非一朝一夕可达到的。因而我们不仅要在艺术上苦心孤诣地探求，更要加强个人的修养，这样产生的作品自然会是美的。

八、诗应该具有什么样的精神，这曾使我国古代诗学家们甚感困惑，于是有性情说、兴趣说、神韵说、性灵说、肌理说、格调说等等。王国维认为他提出的境界说才是探本之论。"境界"本是佛家语。乃妙智游履所达到的阶段或阶级，它是有层次性的。我们可以理解为这是一个先验的观念，为审美鉴赏、文艺范本和文艺批评的原型，有各个级别。当诗人在作品中将诸艺术因素和谐地运用，使作品的思想达到了某个较高的级别，这就臻于某种境界。作品的思想自然有政治的、伦理的、社会的、哲学的种种分别，它经主体的情感熔铸后变成独特的人生感悟，并以艺术方式表现出来，成为合道的奇趣：这便是诗人创造的境界。一位诗人的全部作品中达到很高境界的作品并不多，而伟大的诗人与一般二三流诗人之差别，在根本上是境界的差别。伟大诗人创造的境界往往是民族精神和时代精神的体现，他们的作品因而是民族文学的范式和高标。这是我们很难企及的，但我们希望创作成功，仍需要向高标努力。

我从事中国古代文学研究工作，经常阅读与赏析古典作品，而因每以古典的高标看待当代的诗词创作，在评价上失之过严。我也在当代作品中发现不少优秀之作或杰作，或记住精美的名句，然而这类作品实在较为罕见。某种文学的普遍繁荣，必然会有传世的杰作出现，这应是文学发展的普遍规律。我关于当代诗词创作存在的诸问题的一得之见，希望得到诗友的批评指正。谨愿我国最具民族文化特色的古典格律诗体能得到承传和发扬光大，从一个方面表现我们时代的伟大精神。

谢桃坊

2023 年 8 月 11 日于奭斋